ヴァンパイア娘、
ガーリックシェフに恋をする！　1

ティルノベルス

ヴァンパイア娘、ガーリックシェフに恋をする！　1

ヴァンパイア娘、
ガーリックシェフに恋をする！　1

序章　その出会いは香ばしく

『太陽陰るべし！』

『十字架傾くべし！』

『杭《くい》、砕けるべし！』

『銀の弾丸爆《は》ぜ散るべし！』


「ニンニク、滅ぶべしぃっ！」

シン……と水を打ったかのように静かな図書館に、寝ぼけた観月《みつき》の大声がこだましていた。

（ヤバッ！　変な夢そのまま叫んじゃったし！）

利用者たちの「あの子、頭おかしいのかしら」という引き気味な視線を全身に浴びながら、観月は逃げるように図書館を飛び出した。

🎀🎀🎀

（お父さんが毎朝お経みたいに唱えるから、夢に見ちゃったじゃんか）

灼熱《しゃくねつ》の太陽に照らされ、十字架を背負わされ、杭と銃口とニンニクを向けられるという、世紀末のような悪夢だった。もう二度と見たくない。

図書館という絶好の勉強の場を失い、鬼月《おにづき》観月十八歳はため息をつきながら、彩《さい》花《か》商店街の日陰をふらふらと歩く。

次はファストフード店か、それとも喫茶店か、初夏の勉強場所に相応《ふさわ》しい涼しい場所を探さなければならないが、どうにもこうにも足取りが重い。

（あー、ヤダヤダ。全部、お父さんのせい～）

図書館で居眠りをしていた自分のことは棚に上げて、父への不満でいっぱいだ。我ながら大人げないが、そうでもしないと心の平穏が保てそうにない。

（しんどい。全部しんどい。もう、日陰探して歩くのも、全身に日焼け止め塗るのも、黒のカラコンすんのも、毎日爪削るのも、シルバーアクセ付けらんないのも、怪力セーブすんのもしんどい）

清楚《せいそ》なグリーンのワンピースを着た、黒髪、黒眼の十八歳。そして凶悪な日差しに怯《おび》えるこの少女は、ニンゲンではない。ヴァンパイアというアヤカシだ。

日本《にっぽん》では妖怪、海外ではゴーストなどと呼ばれるが、彼らは自らのことを〝アヤカシ〟と名乗る。

例えば、観月の父である鬼月ヴァンは、イギリス生まれのアヤカシ。御年五百歳の純血のヴァンパイア。

一方、母の鬼月花見《はなみ》は、日系三十二世のアヤカシ。ぴちぴちの三百歳のサキュバス。

このグローバル社会においては、西洋妖怪だとか日本妖怪だとか、そんなことはあまり気にされない。身分や最低限の生活は、〝国際アヤカシ連合〟――略して国連が保障してくれるのだから。

『大切なことは、ニンゲンに正体を見破られないことだ！　迫害されてきた歴史を繰り返さないよう、こっそり、ひっそりと生きろ。くれぐれも、ニンゲンを信用するな』

五百年生きていて、何度もつらい目を見てきた――と、父ヴァンはたびたび口にする。

　だから、ニンゲンに紛れ、ニンゲンを騙《だま》して生きろと。

「私は、いいニンゲンもいると思うんだけどな」

（ヴァンパイアの私を助けてくれるようなニンゲンとか）

　なんだか急にお腹が空いてきてしまい、誰か都合良くご馳走《ちそう》してくれるニンゲンが現れたらいいのにと、観月は思わず独り言を呟《つぶや》いてしまう。

　彩花商店街は平日の昼前というだけあって人通りはまばらだが、それでもランチの時間にはたくさんの店が開く。ベーカリーカフェ、ラーメン屋、インドカレー屋、定食屋……、そして──。

　カランカランッと軽快なドアベルの音がしたかと思うと、爽やかな金髪男性シェフが顔を出した。

「【イタリアーノカフェテリア】へ、ようこそ！　お一人様でも大歓迎サ！」

「ううぅぅぅ〜〜〜っ！」

　金髪シェフの笑顔と共に、ドゥウウゥッと店から溢《あふ》れ出てきたのはめまいがするようなニンニク臭だった。

観月は「おええ……っ！」という激しい吐き気を堪《こら》えながら、一心不乱にその場から走り去る。危うく、身体が消えてなくなるところだった。

（イタ飯野郎、覚えてろよ！）

父が「日本はヨーロッパと比べてニンニクが少ないから住みやすい」と言っていたが、とんでもない嘘《うそ》っぱちではないか。なに時代の話だ。日本人は、ニンニク入りの外国料理も創作料理も大好きだ。街を歩いただけで分かる。

「うわ～ん！　マジで人生ハードモードなんですけど！」

だが、その時――。

商店街の外れで泣き言を喚《わめ》く観月の鼻がぴくりと反応した。

摂取しなくても死にはしないが、ヴァンパイアが愛して止まない嗜好品。

「すっごく香ばしくて、食欲をそそる香り……。美味《おい》しそうなニンゲンの血……」

ハッとして慌てて振り返ると、黒髪の男性が買い物袋を両手にぶら下げて歩いているところだった。後ろ姿なので顔は見えないが、かなり体格が良い。

しかし、その男性のことが気にはなるものの、わざわざ追いかけるわけにもいかず、観月はお腹を空かせたまま彼をぼんやりと見送った。

「また会いたいなぁ。良い香りのお兄さん……」

第一章　元気をくれるトマトスープ

鬼月家の朝は、戦争だ。

父こだわりの古き良き日本家屋が、毎朝毎朝倒壊する勢いで揺らいでいる。

「ちょっと、花見ちゃん！　ワシ、今日は医師会の集まりで早起きするって言ってたよね？　どうして起こしてくれんの？」

「あら〜。ごめんなさい。わたしもお寝坊しちゃって〜」

「ボク、一限目行かなきゃだし、洗面所譲ってよ！」

ヴァンパイアの父ヴァン、サキュバスの母花見、九〇パーセントのインキュバス（男版サキュバス）の弟東雲《しののめ》が、板張りの廊下で押し合いへし合い、怒鳴り合い、右往左往している。

ヴァンパイアもサキュバスも夜型のアヤカシなので朝日に非常に弱く、なかなか思う時間に起きることができないのだが、そのせいで朝はいつも騒がしく、正直ご近所からクレームが来たことも少なくはない。

そして長女の観月はというと、かつてはそのドタバタ劇団の一員だったのだが、ここ数カ月間の朝は自室に籠《こも》り、無心になってミシンをかけていた。無心ミシンである。

ゴゴゴゴゴゴゴゴゴゴ……。

リサイクルショップで購入したものなのであまり高性能ではない観月の相棒は、なかなかに耳障りな唸《うな》り声をあげる。だが、主人はまったく気にしていない。むしろ、騒がしい鬼月家のことを忘れ、服作りという夢の世界に入り浸れるのだから願ったり叶《かな》ったりだ。

「ちょっとクラシカルなワンピにしよ～。ブラウスの襟にはリボンと――」

「姉さん、うるさいからミシンやめて。ご飯が不味《まず》くなる」

せっかくのってきたところだったのに。ふすまが勢いよく開け放たれ、東雲が毒舌を飛ばしてくる。サラサラの前髪の隙間から睨《にら》んでくる視線が鋭い。

「きゅ、急に開けないでよ！　えっち！」

「馬鹿じゃないの。ミシンしてただけでしょ？　騒音丸聴こえ」

観月が大慌てで床に散らかっていた布やパンフレットを片付けるが、東雲は興味がなさそうに居間に戻っていく。

(それはそれで失礼じゃない?)

そう。自室といっても居間の真隣りにある四畳半に籠っているため、何もかもが筒抜けなのだ。十八歳の年頃の乙女の部屋としては最悪の環境。妄想彼氏も呼べない。大学生になったら絶対下宿して服飾御殿を作ってやるんだと、思い続けて早数年だ。

観月は「そこまで言わなくていいじゃん。趣味なんだし」と小声で抗議するが、東雲はムスッとした顔のまま、居間のちゃぶ台で朝ご飯のおにぎりの残りをラップに包んでいく。

どうやら洗面所の使用権は父に奪われたらしく、自慢の金髪には寝癖が付いたままだ。おまけに弾き飛ばされたのか、衣服の乱れもすごい。

「もう食べないの?」

「授業に遅れたくないし、バスの中で食べる。姉さんみたいに、好きな時間に食べれないから」

「そっか……。医大生は多忙だねぇ!」

「まぁね」

赤い瞳で一瞥《いちべつ》される。

観月が何を言っても、淡々と冷たい反応が返ってくるのがつらい。双子の姉に対して、冷たすぎはしないか。

「そんな態度ばっかり取ってたら、女の子たちに嫌われちゃうよ」

「ボク、モテるし。……ニンゲンにモテても意味ないけど」

ツンとした態度のまま、髪を手櫛《てぐし》で直しながら居間を出て行く東雲。おそらく、そろそろ父が洗面所を使い終わると踏んでのことだろう。

(ずるい！　私もお母さんの血が濃かったら良かったのに！　ニンゲンでもいいから、モテたかったし！)

ミシンを諦めた観月がヤケになって自分のおにぎりを頰張《ほおば》っていると、今度は洗面を終えた父がバタバタと駆け込んで来た。

赤いはずの瞳には青のカラーコンタクトが入っており、元々の金髪と相まって、ダンディな西洋人といった外見となっている。そして、八重歯と爪はゴリゴリに削られていた。

「はぁ……。ワシ、コンタクト入れるの苦手だわ」

コンタクト発売当初からのヘビーユーザーのおっさんが、朝からお疲れだ。

これが、朝の身支度を終えた父。

ヴァンパイアは瞳が赤く、八重歯は尖《とが》っていて、爪は凶器かというほど鋭く長い。色白であること以外、ヴァンパイアの外見的特徴はデメリットしかない。どうにもこうにも、ニンゲン社会では浮きまくる。正体を疑われたり、バレてしまうなんてもってのほか。そうなればニンゲンたちはアヤカシを迫害し、攻撃してくる。陰陽師やアヤカシ祓《ばら》い、エクソシスト、魔女狩りなんかがいい例だ。いつの時代も、ニンゲンは未知なる存在を恐れ、取り除こうとするのだ。

だから、ニンゲンに紛れるために目立たない色のカラーコンタクトを付け、毎朝八重歯をヤスリで削る。爪もあっという間に伸びるので、爪切りは常備。ネイルをする暇などない。お洒落《しゃれ》をしたい年頃の娘にとっても、忙しいパパにとってもたいへん負担だが、平和に生きていくためには不可欠なルーティンなのだ。

ちなみに弟の東雲は、自由な学生なので金髪に赤い瞳を奇抜なお洒落として通しているのだが、爪と八重歯の手入れは欠かさない。

観月も今は朝イチでこそしなくなったが、同じような身支度はしている。

数カ月前——大学受験に失敗し、浪人生となるまでは家族に混じって洗面所争奪戦に参加していたのだ。

（まぁ、今ではすっかり傍観者になっちゃったけどね）

「太陽陰るべし！　十字架傾くべし！　杭、砕けるべし！　銀の弾丸爆ぜ散るべし！　ニンニク、滅ぶべしぃっ！」

当時、食前に早口で家訓を唱える父をウザがっていた自分は若かった。「ニンニクを食べたら身体が爆散するんだよ」などとしつこく言ってくる父に対して、かつては「はいはい」と適当な相槌《あいづち》を繰り返していた。だが浪人生になった今では、クリニックの院長としてバリバリと稼いでくる父親の存在が有り難い。

「今朝もおにぎりか。……吸血鬼のおにぎり、なんちゃって。寒かったかな？　メンゴメンゴ～」

このオヤジのノリだけは受け入れ難い。母よ、なぜこの父を選んだ。

「観月ちゃん、今日も医大合格に向けて頑張って！　ワシ、しゃかりき応援してるから！」

「う、うん……」

そして観月は、またパンフレットを見せるタイミングを逃しちゃった……と、黙って俯《うつむ》く。

医科大学浪人生のヴァンパイア鬼月観月は、本当は彩都《さいと》ファッション専門学校に進学したいのだ。

🎀🎀🎀

そんなドタバタな鬼月家も、父と弟が家を出て行くと急激に静かになる。

「ふわぁぁむ……。いたつ、血ぃ出た」

食後にぼんやりと朝のニュース番組を見ていると、うっかり八重歯で下唇を突き刺してしまった。なかなかの流血具合だが、慌てることはない。ニンゲンと違い、ヴァンパイアは自己治癒力も高く、この程度の傷なら数十分で治る。

そして、観月は決まった予定のない浪人生。だから、慌てて削らなければならない八重歯などは存在しないのだ。

だが娘が可愛《かわい》くて仕方がない母親は、それを許さない。

「みつきちゃん。ダメよ、そんなズボラしちゃ。今からお勉強しにいくんでしょ～？　可愛くしておかないと～」

のんびりとした口調でヤスリ棒を手渡し、後ろから観月の黒染めしてあるロングヘアを櫛で梳《と》かしてくる母花見。だが、外で受験勉強をして来いと暗に圧力をかけてきていることは、誰だって分かる。

「ちょっとだけ、ミシン触りたいんだけど……」

「それはお勉強のあと」

観月は双子の弟である東雲と同じ彩花医科大学を受験したのだが、あっさりと失敗。現在、来年度の試験に向けて宅学中なのだ。

「ねぇ、お医者さんって、そんなに魅力的？」

ふと、観月が遠慮がちに尋ねると、母はきょとんとしながら当たり前のように答える。

「病院には血がいっぱいあるから楽しいって、お父さんが言っていたけれど。みつきちゃんも、血、好きでしょう？」

「分かんない。飲んだことないもん」

もちろん、病院勤務の医者だからといって、ニンゲンの血が飲み放題なわけではない。患者の血液をごくごく飲むようなマッドな医者なんて、すぐに見つかって辞めさせられる。というか、事件だ。

実のところ、ヴァンパイアにはニンゲンの血を飲む必要性はなく、栄養は食べ物から摂《と》れれば問題ない。血は嗜好品に過ぎず、大昔のヴァンパイアだって肉やら魚やら、なんだって食べていたのだ。本来はそれで生きていけるのだ。

ただ、厄介なのは吸血衝動。男ヴァンパイアならば不定期、女ヴァンパイアならば月の内一週間程度、吸血衝動期というものが訪れ、激しい貧血症状が現れる。観月はこれが非常に重く、専用のサプリメントが手放せない。

父によると、「オペの時に手袋や手術衣に付いた血を後でこっそり舐《な》めたら、すぐ元気になる」らしく、おかげでストレスフリーのご長寿だとか。

父に限らず、ヴァンパイア界隈《かいわい》では堂々とニンゲンの血液を拝める医療職が大人気であり、観月と東雲も当然のように医者を目指していた。

（目指している……のかなぁ）

「自分の身体のためにお医者さんになるのって、なんか動機が不純じゃない？」

「働く理由はひとそれぞれよ。わたしはキャバクラでお客様から活力をいただきたかったし、お父さんは血だらけの手術が大好きだし〜」

（あかん。両親共にマッドだった……）

　そして苦笑いしていた観月に、母は「じゃあ、お勉強頑張ってね」とやんわり微笑《ほほえ》みかけると、町の図書館――彩花市立図書館へと追い立ててしまう。

　だが、観月がそれに対して抵抗することや文句を述べることはできない。

　誰に言われたわけでもないが、観月が感じている自分の立場は「不良債権」。「家族カースト最下位」、「ただ飯食い」。

（肩身が……、肩身が狭いんじゃぁぁぁっ！）

　叫びたくても、図書館では叫べない。

「早く追いつかなきゃ……。頑張らなきゃ……。もっと、もっと……」

　こんな小さな独り言を暗示のように呟きながら、医科大学の過去問を読み解き続ける。ヴァンパイアに頭脳明晰《めいせき》補正があればよかったのにと唸り、ぐじゃぐじゃの脳内を放り捨てたくなってしまう。

そして、ふと嫌な言葉が頭に浮かんでしまった。

『鬼月姉弟のダメな方』

それは観月に錆《さ》びた鎖のように重くまとわりついてくる、とても嫌いな言葉だった。

ぼんっ！

もし、漫画だったらそんな音と煙が出そうな勢いで、観月の頭と心はパンクした。

「ダメだ……」

虚《うつ》ろな眼で図書館の大きなガラス窓から外を眺めようとすると、顔以外の自分の姿が反射して邪魔をしていた。

ヴァンパイアなので、鏡やガラスに自分の姿は映らない。だが違和感を覚え、特別仕様のコンパクトで自分の姿をゆっくりと上から下まで映してみた。

黒く染めた長い髪。カラーコンタクトを入れた黒い瞳。真っ白い肌。飾り気のないブラウスとロング丈のシフォンスカート。どこからどう見ても、よく町で見かけるニンゲンの清楚なお嬢さんだ。

「……誰だよ、これ。こんなの私じゃないよ……っ」

（この元気のない顔、何？　私の髪も目も、こんな色じゃない。ニンゲンに紛れるための地味な服って何これ？　好きな恰好《かっこう》がしたい。好きなアクセサリーを付けたい。今すぐ部屋に戻ってミシンを触りたい。作りかけのワンピースを仕上げたい……！）

「私のクソ野郎ぅぅぅぅーーーっ！」

大声で叫んでしまった観月は乱暴に荷物をまとめると、周囲の視線も気にせずに全速力で図書館を飛び出した。加減はしない。アヤカシの力をセーブする〝封印の耳飾り〟を外した全速力で、ロングスカートをたくし上げながら、バイクのような速度で商店街を駆け抜ける。大丈夫。少しくらい破廉恥《はれんち》な恰好でも、残像しか残っていないのだ。

けれど、安全のためにも慣れないことはするもんじゃないと、すぐに後悔した。ドォンッという鈍い衝撃が全身に走ったかと思うと、観月は電信柱に正面衝突し、道でひっくり返ってしまっていたのだ。

「いいいいいいたぁぁぁぁぁっ！！！！！」

前のめりで走っていたので、顔が痛い。特に額と鼻が割れたかと思うほどで、観月はその激痛にのたうち回った。

幸い、商店街のはずれまで来ていたため周りにニンゲンはおらず、恥をかくことも人外の疑いをかけられることもないのだが、とにかく痛すぎた。「スピードは力である」と漫画やアニメのキャラクターがよく口にするが、まったくその通りだ。最高速度の衝撃は恐ろしい。

(もうヤダ。全部うまくいかない。進路も、ヴァンパイアであることも……)

そして、観月が涙目で立ち上がろうとした時だった。

「すごい音がしたが、大丈夫か？」

誰もいないと思っていたのに、すぐ後ろから男性の声が聞こえたのだ。観月は飛び上がりそうになるのを抑え、慌てて振り返ると——。

「うそっ……」

(あの時の、良い香りのお兄さんだ……！)

観月は男性を見るなり、うっとりと見惚《みと》れてしまった。

男性は、いつぞやにすれ違った「美味しそうな香りの血」の主だった。目つきの悪い三白眼。眉間のしわ。黒髪で、背が高くて体格がいい。年齢は二十代後半くらいか。半袖のＴシャツから覗《のぞ》く程よく逞《たくま》しい腕の筋肉がたまらない。

率直に言う。どタイプだ！

「転んだのか？　平気か？」

「え、えっと、電柱にぶつかっちゃって……」

「電柱？　居眠りしながら歩いてたのか？」

普通は歩きスマホあたりを連想すると思うのだが、とにかく男性はへたり込んでいた観月の顔を覗き込むように手を差し伸べてきた。

だが観月は恥ずかしさのあまりうまく喋《しゃべ》ることができず、もじもじと俯いてしまう。

(どっ、どうしよう！　血が美味しそうな上にすっごくタイプ！　仲良くなりたい！　お話したい！)

すぐ近くの飲食店と思《おぼ》しき店から出て来たようなので、どうやら男性は飲食店の店員らしい。彼が店に戻ってしまう前に、何か喋らなければと観月は焦り――。

「良い香りですね……！」

思いっきり男性を見つめながら、そう口走ってしまった。まるで「月が綺麗《きれい》ですね」みたいな名言風に。言い終えてから、言葉の選択を間違えてしまったことに気がついたが、もちろん一度口から出てしまった言葉は引っ込めることができない。

（まさか血のこととは思われないだろうけど、いきなり体臭を褒めるとか変態かよっ！）

「あの、えっと、今のは……」

「そうか……、そうか、分かるか！　良い香りだよなぁ、俺もそう思う！」

「えっ？」

予想外の反応。男性が目を輝かせ、うんうんと大きく頷《うなず》き出したため、観月は呆《あっ》気《け》に取られてしまった。

なぜ、男性は大喜びしているのか？　まさか、ただのニンゲンにこの香ばしく美味しそうな血の匂いが分かるわけがないというのに。

しかし、男性はそんな観月を気に留める様子はない。というか、何も気がついていない様子で観月の手を取り立ち上がらせ、その後もなお一人でマシンガントークを続けているではないか。

「実はな、とびきりの上物が手に入ったんだ。ひとつひとつの粒が大きいし、締まりもいい。何より、加熱した時の良い香りときたら——」

「ま、待って……！　待ってください！　上物？　粒？　何の話ですか？」

「何って、これのことだが」

思わず口を挟んだ観月だったが、男性がエプロンのポケットから取り出した白く丸い物体を見て悲鳴を上げてしまった。

「に、ニンニクっ？」

「あぁ！　違いが分かることを見込んで、ぜひ俺の店で試食してくれないか？」

私の天敵じゃなかったら、大歓迎のお誘いなんですが……。

そう答えたかったが、間近で生ニンニクを見てしまったヴァンパイアの観月の意識は、そこでいったんふわりと途切れてしまったのだった。

🎀 🎀 🎀

「観月ちゃんと東雲は、父さんの自慢の子だ」

「みつきちゃん、しの君を引っ張ってあげてね」

「お姉ちゃん。お医者さん、一緒になろうね」

家族のそんな言葉を聞いたのは、いつのことだっただろうか？

懐かしい夢に涙が滲んでいることに気がついた観月は、ハッとして勢いよく上半身を起こした。

観月が寝ていたのは、アンティーク調の椅子の上だった。一応ベッドに見立てて四連結させているが、クッションも何も敷かれていないため信じられないほど背中がバッキバキになっている。

「あれっ？　私、なんで？」

「起きたか。急に寝出したから驚いたぞ」

カウンターの向こうにあるキッチンから、例の良い香りの血を持つ男性が観月を心配そうに見つめていた。おそらく「寝た」ではなくて「気絶」だと思うのだが、兎《と》にも角《かく》にも彼が倒れた観月を保護し、自分の店で休ませてくれていたらしい。

周りを見回してみると、そこは京都《きょうと》の町屋をリノベーションしたかのような、新しさと懐かしさが混ざり合う飲食店だった。アンティーク調で統一された家具が並ぶ大正レトロな雰囲気の内装で、小さいながらも落ち着く感じがする。なんとなく香ばしいトマトのような香りもするが、それは料理の匂いだろう。

粗野そうな雰囲気の男性だが、意外にも良い趣味をしているではないか。

「あ、ありがとうございました。迷惑をかけてしまって……」

「いや、かまわん。相当疲れが溜《た》まっているみたいだな」

あなたの見せてきたニンニクがトドメだったんですけど、とは言えない。

観月は曖昧《あいまい》に笑って誤魔化すと、さりげなくカウンター席に場所を移し、男性の近くにニンニクが見当たらないことを目で見てホッと一安心した。きっと、冷蔵庫にでも入れてくれたのだろう。これなら、少しだけでも男性と話しができる。

今まで、これほどまでに美味しそうな血の匂いをさせるニンゲンには出会ったことがないのだ。興味を持たない方がおかしい。

「えっと、店長さん……？　は、ご飯屋さんなんですか？」

「飯屋だが、俺は雇われシェフだ。しかも、駆け出しの」

「へぇ、新人のシェフさんなんですね！」

「あぁ」

（か、会話が終わっちゃった！　名前も聞けない雰囲気！）

男性はニンニクについて熱く語っていた時とは打って変わって、とても淡々とした態度だった。そもそも感情の読み取りにくい仏頂面がベースのようなのだが、それにしてもあのハイテンションな饒舌《じょうぜつ》はどこへ消えてしまったのだろう。少し怖く、近寄りがたい空気さえ漂わせている。

だが、程なくしてその理由が分かった。

男性は「良かったら、食べていかないか？」と、こちらからは見えない低い位置にあるオーブンから、とろけたチーズののった陶器の器を取り出してきたのだ。チーズの下からは鮮やかな赤色が覗いているので、ずっと感じていたトマトの香りの正体はコレだったらしい。

「うわぁ～！　美味しそう！」

「トマトのグラタンスープだ。理想的な焼き加減にできたぞ」

誇らしげ、というかドヤ顔をする男性。

彼はこのスープの焼き具合を見極めるために集中していたに違いないと、観月は一人で納得した。

（やば！　血の匂いとか顔とかだけじゃなくて、料理までハイスペックとか、やば！）

「わ、私なんかがいただいてもいいんですか？」

「あぁ。アンタのおかげで思いついた料理だから」

「え？　それ、どういうことですか？」

観月は男性に発言の意味を尋ねたが、答えよりも先に目の前に熱々のスープ皿が乗ったトレイが置かれ、あっという間にそちらに意識を持っていかれてしまった。

少し焦げたチーズとトマトの香りに混ざり、何やらとても食欲のそそる食材の気配を感じる。チーズの下には何が隠されているのだろうかと、宝探しをする子どものようにワクワクしてしまい、無意識に口の端が持ち上がる。

「いただきます！」

男性に「熱いから気をつけて」と言われたにも関わらず、観月は勢いよく木製の匙《さじ》を器に差し込み、チーズの柔らかくとろけた蓋を割って、スープをたっぷりとすくいあげ口に入れた。

「ん……っ」

その衝撃に観月は驚かずにはいられなかった。

もちろん、スープが熱くて口内を火傷《やけど》したということもあるが、この程度ならすぐに治癒できるので問題ない。

そうではなくて、観月はチーズの下から溢れ出る濃厚で力強い味と香りに驚いていた。それは、観月がこれまで体験したことのないものだったのだ。

(え？　何これ？　何味？)

「口には合ったか？」

男性はカウンター越しにこちらを見つめながら、自信満々に尋ねてきた。黙々とスープを口に運んでいる観月を満足そうに見ているので、言わなくとも分かっている様子なのだが――。

「美味しいです！」

と観月が大きな声で答えると、男性は目尻をきゅうっと下げて「そうか！」と笑った。

(そ、その笑顔反則ぅぅっ！　仏頂面とのギャップウゥッ！)

黄色い悲鳴をあげそうになるのを堪え、観月はぺろりとめくれたチーズとトマトスープの具を口に放り込む。

ほっこりじんわり系のポタージュスープかと思いきや、ベーコンや玉ねぎ、にんじんといった具材がサイコロ状にコロコロとたくさん入っており、しっかりとパンチの効いた濃いめの味付けがなされている。だが、それをチーズが乳製品特有の優しい風味で食べやすくしてくれていて、結果的に身体の芯に沁《し》みるような食べるスープになっているのだ。本当はパンを相棒にして食べたいところだが、オープン前のお店でご馳走になっているのだから、わがままは言えない。

「はぁ～。どんどん食べれちゃう……。野菜もいっぱいでいいですねぇ。このジャガイモもほくほく」

木の匙にちょこんと小さなジャガイモを乗せ、ぱくりと口に入れる。甘みがあって美味しい。

「それ、ジャガイモじゃないぞ。ニンニクだ」

「へぇ～、ニンニク。へぇ～……。って、えええええっ！」

一瞬、聞き逃しそうになったが、とんでもないパワーワードに観月は目を剥《む》いた。

だが、それと同時に口の中のニンニクが喉を滑り落ちていき、ごくりと飲み込まれてしまった。

「う、うそ！　ニンニク？」

(やだやだ！　身体が消えてなくなっちゃう！)

飲み込んだニンニクを追いかけるように胸を押さえ、お腹を押さえるがもう遅い。というか、既にいくつも食べていた。

「え！　だってニンニク臭くなかったし、オエってならなかったし！」

「え？　もしかして嫌いだったか？　でも香りの違いが分かるみたいだから、好物なのかと……。あ、そうか。やはり女子だから口臭を気にしているんだな」

(違いますけど！　命を気にしてるんですけど！)

せめて薄めてみようと大慌てで水をがぶ飲みする観月をよそに、男性はマイペースに高速で語る。

「ニンニクの匂いのもとは、アリシンという無色無臭の結晶。料理の過程で細胞膜に傷がつくことで、あの匂いを放つアリシンに変化する。うちのニンニクに、そのアリシンが不足しているというわけじゃないぞ？　これ本当に良いニンニクでな！その辺のものとは味も香りも段違いだ！　詳しくないヒトなら、ニンニクだと気がつかないほど上品な香りで甘みも強い。農家さんの努力のたまものだな。そこに微力ながら俺も手を加えさせてもらっているんだが、乳製品や香草で香りを――」

「長い！　長いわ！」

思わずツッコんでしまった。

まさか、店の前で見たニンニクがトマトスープにたっぷりと混入していたなんて。まさか、どタイプの男性がニンニクで豹変《ひょうへん》するなんて。

「何言ってるのか分からないし……！　私、消えちゃうかもしれないのに……！」

観月は涙目で叫んだ。

ヴァンパイアがニンニクを大喜びで食べてしまったなんて、歴史に残る大喜劇だ。きっと葬式で家族も失笑し、アヤカシ界隈の笑える伝説になるだろう。

だが、観月自身はそんな死に方も伝説もまっぴらごめんだ。

(まだ、十八年しか生きてないのに。やりたいこと、何もできてない。恋も、服作りも……！)

「……よく分からんが、消える感じはしないな。食べる前よりも顔色良いし、体温も上がってるぞ」

（えっ？　あったかい。えっ？　何この状況）

　ふと気がつくと、男性の右手のひらが観月の片頬を包んでいた。温かくて大きな手が観月の体温と実体を確かめている。

「元気、出なかったか？」

　もちろん、「料理を食べて」という意味だろう。だが——。

　ぼんっ！！！！　ぼぼぼぼぼんっ！！！！

　図書館で頭がパンクした時とは別の爆発が、観月の胸の中で巻き起こった。

「げっ、元気いただきましたぁーーっ！」

　観月は頭がぐらぐらと沸騰するかのような感覚を覚えながら、上ずった声で叫んだ。

　観月がこれまでニンゲンとのまともな付き合い、ましてや男性とのスキンシップなどほとんどしたことがなかったことも原因だろうが、それをさし置いてもおかしなくらい、心臓が激しく跳ねていた。

（な、なんだこれ！　銀の弾丸撃ち込まれた？　それとも、杭打たれた？）

「私、やっぱり死ぬの？」と、観月が胸を押さえてあわあわと戸惑っていると、その様子を見ていた男性は、「元気になったんじゃないのか？」と腕を組んで楽しそうに笑っていた。

「ニンニクはさ、疲労を回復し、スタミナをつけると言われているんだ。アンタ、かなり疲れてたみたいだったから、俺の料理で少しでも元気になってくれたなら嬉《うれ》しいよ」

（あぁ、ほんとだ。私、あんなにもやもやして、落ち込んでたのに――）

「シェフさんの料理、すっごく美味しくて、元気……いっぱいもらいました」

ニンニクを思いっきり食べてしまったが、観月が消える気配などどこにもない。それどころか身体全体に熱が行き渡り、活力がみなぎってくる感覚さえするのだ。もしかして時間差で症状が現れる可能性もあるが、父が事あるごとに口にしていた「ヴァンパイア、ニンニク食べると爆散する説」の信憑《しんぴょう》性が急降下していることを自覚せずにはいられない。

「良かった。俺、ここをそういう店にしたいんだ。ニンニク料理でお客さんが元気に、パワフルに、エネルギッシュになれる店」

「ニンニク料理？」

「そうだ。この店は【ガーリックキッチン彩花】。ニンニク料理専門店だからな！」

男性、両手を腰に当てドヤ顔全開に頷く。

「だが、残念ながらまだ軌道に乗っていなくてな。一週間前にオープンしたのはいいものの、お客がまるで来ないんだ！　絶対に旨《うま》いはずなのにな！」

そこはドヤるとこじゃない。

「ニンニク料理って匂いが気になるから、ハードルが高い……のかも。とくに、女の子には。シェフさんのお料理美味しいし、ニンニクにこだわらなくても……」

そしたらヴァンパイアの私も気軽に来れるんですけど、という願望を込めて提案してみたが、男性は「それじゃ意味がない」と強めの口調で言い切った。

「それは、俺のやりたいことじゃない。突き詰めたいことを妥協してしまったら、俺は一生後悔する」

「やりたいこと……。突き詰めたいこと……？」

「そうだ。アンタにもあるだろ、そういうの」

男性の言葉が、観月の胸の想像以上に深い場所にスッと溶け込み大きく響く。自分の「やりたいこと」、「突き詰めたいこと」は何かと呼びかけ、あっという間に探し当て、大事に大事に強く抱きしめるような感覚が観月の内に走った。そして男性のことを心の底から羨ましくかっこよく思い、自分もそうなりたいと強く願った。

「ある……。あります！　私、着たい服や作りたい服がたくさんあるんです！　もっと、もっと自分らしい服が着たい。いろんな服を自分で作れるようになりたい。……もう、自分を隠したくない！」

思っていたよりもずっと大きくはっきりとした声が出ていて、観月は自分でも驚いてしまった。だが、溢れ出てくる想いに蓋をすることなどできなくなっていた。もう、居ても立っても居られない。家に帰ってやりたいことが山ほどあるのだ。

「ありがとうございました！　シェフさんのおかげで、私もやりたいことを頑張ってみようって思えました！」

「ん。そりゃ良かった。……いいじゃん、服作り。頑張れ」

男性の短いけれど優しい言葉が嬉しくて、観月は思わず表情筋がゆるゆるに緩んでしまう。

「あっ、あの……。また来てもいいですか？」

「あぁ、もちろんだ」

（嬉しい……！　ニンニク料理屋さんだったとしても、ごりごりのニンゲン男子だとしても、天使！　マイエンジェル！　私の美味しい天使！）

板張りの床をうきうきと跳ねるように移動し、店を出ようとする観月の背中に男性の声が飛んでくる。

「綺麗なトマト色の目の女の子、覚えとくから」

（へ？　トマト色？）

そこでようやく気がついた目の違和感。いつのまにか——電信柱にぶつかった時だろうか？　黒のカラーコンタクトが外れてしまっていて、ヴァンパイア特有の赤い瞳が表に出てしまっていたのだ。

だが、もう観月は焦らない。

「だから、トマトスープだったんですね」と、花が咲いたような笑みを返した。

🎀 🎀 🎀

古き良き日本家屋の鬼月家に、昼から夕方までゴゴゴゴゴとミシンの音が鳴り続けていた。一家の大黒柱である父ヴァンが仕事から帰宅した時もそうだ。

「観月ちゃん、またミシン？　おかえりくらい言ってほしいな〜」

「お昼過ぎに帰って来てから、ずっとお部屋から出て来ないの。おやつに呼んでもダメだったのよ〜」

「なぬ？　それはダメでしょう！　医大を目指してるんだから、たくさん勉強しないと」

ヴァンは困った顔で首を傾げている花見に代わり、真剣な顔で観月の部屋のふすまに向かった。今こそ父の威厳を見せる時だと言わんばかりにコホンッと咳《せき》払いをしている。

「観月！　観月！　ずっと無心ミシンをしているらしいな？　自分の本分を忘れていないか？　そんなことじゃあ、医者にはなれないぞ」

だが、観月の返事はない。ミシンの音は止まったが、シン……と静かなままだった。

遅れてきた反抗期かなと一瞬不安になるヴァンだったが、可愛い娘に限ってそれはないだろうと自分を鼓舞する。時に厳しくするのも父親の務めだ。容赦をしてはいけないだろう。相変わらず困った視線を向けてくる妻のためにも、ここはビシッと決めなければ――。

「観月。入るぞ。いいな？」

ザッと勢いよくふすまを横に滑らせると、部屋の真ん中で薄手の黒いタイツをはいている最中の観月がいた。スカートがまくり上がっていたので、ヴァンは思わず「わー、観月ちゃん！　許して！」と手で顔を覆って俯く。父の威厳など、秒も持たなかった。

年頃の観月は、普段から着替えや入浴を覗かれると殺さんばかりの勢いで襲いかかってくるのだから仕方がない。反射というやつだ。

「ワシ、わざとじゃないから！　何も見てないから！」

「大丈夫だし。ほとんど着替え終わってたし。……それより、ねぇ！　見てよ！」

ヴァンが恐る恐る顔を上げると、観月は笑顔で畳の上に立ち上がり、その場でくるりと回ってみせた。

赤い瞳が強調されるアイメイク。勝気な唇の下からは鋭い八重歯が覗き、染めた黒ではなく、本来の金色の髪がさらりと広がり揺れる。首元にリボンの付いた赤色のブラウスに、ウエスト位置の高い黒色のスカート。胸元には、煌《きら》びやかな赤い石のペンダントがぶら下がっていた。

「そ、その恰好はなんだ？」

「えっとね、このブラウスはサテン生地で上品な感じなんだけど、襟にリボンでしよ。胸回りにフリルも付けて可愛くしてみた。あと、スカートのウエスト部分は厚めの布でタイトに締めて……、あ、ウエストは紐《ひも》で調整できるから、ちょっと太っても着れるよ。一番のポイントは、フィッシュテールスカートの自然なドレープで――」

「いや、何を言ってるのか分からないんだけど。魚のクレープの話？」

「違うよ。前と後ろの長さが違うスカートで、ドレープはひだ！」

真面目に返されても困る。ヴァンが言いたかったのは細かい専門用語のことではなく、服装全体のことだった。観月の恰好について、ヴァンは若者のファッションに疎いためよく分からないのだが、見た目の印象として、それは今まで許してこなかったものだったのだ。

「観月。その服も、髪も、瞳も、歯も、父さんはやめてほしい。ヴァンパイア全開じゃないか！」

父の鋭い声と視線が飛んできて刺さるのを感じるが、観月はひるまない。

観月は、子どもの頃からゴシックファッションが大好きだった。

悪魔や魔女、ヴァンパイアを思わせる闇色の中にあるカッコよさや可愛さに取り憑《つ》かれ、そんな衣装を身に纏《まと》うことをずっと夢見てきたし、自分の赤い瞳や金色の髪、尖った八重歯も爪も嫌いではなかった。むしろ、好きだった。

だがニンゲン世界で平穏に生きるため、観月は清楚に、いや没個性となることを受け入れて、抑圧を肯定してきた。五百年以上も生きてきた父が身を守るためにそうしろというのだから、きっとそれが正しいのだと信じてきた。

医者を目指すこともそうだ。ヴァンパイアであるという秘密を抱えて生きていくには、その道が一番安楽なのだろうと何も考えずに受け入れてきた。

(だけど、違ってた。お父さんの言ってたことが、全部正しいわけじゃなかった。私は、ニンニクを食べても消えてない。むしろ、元気になった！)

「お父さん！　私はヴァンパイアの私が好き。だから、それを隠さずに自分の好きな服を着たいし、作ってみたい」

「そんな如何《いか》にもヴァンパイアです、みたいな恰好、ダメでしょうが。目立ちすぎる」

「服作りを応援してくれた人がいるの。それにこの赤い目を綺麗な色だって、褒めてくれた。私のやりたいこと、好きなことを頑張れって」

戸惑う父を真っすぐに見つめながら、観月は【ガーリックキッチン彩花】のシェフを思い出す。

『突き詰めたいことを妥協してしまったら、俺は一生後悔する』

『いいじゃん、服作り。頑張れ』

彼の言葉が観月の秘めた想いを突き動かし、力強く背中を押した。

(諦めない、妥協はしない。私は負けない！　勇気を出せ、私！)

「私、医大には行かない。彩都ファッション専門学校に行く！」

父が唖然《あぜん》とした表情を浮かべ、後ろに控えていた母も「まぁ！」と驚きの声をあげた。当たり前か。今まで一度も相談したことがなかったのだから。

「期待を裏切ってごめんなさい。ずっと応援してくれてたのに、ごめんなさい。いつもがっかりさせてばかりで、ごめんなさい。東雲みたいにちゃんとできなくて、ごめんなさい。……でも、私には私のやりたいことがあるの！　突き詰めたいことを見つけたの！」

「観月……」

「みつきちゃん……」

怒られる？　泣かれる？　反対される？

観月は唇を噛《か》みしめ、キツイ言葉に耐えようと身構えた。

だが予想を裏切り、父親の穏やかな笑みが観月の目に飛び込んできた。

「そうか。なら、やってみなさい。父さんたちは見守ってるから」

「え？　いいの？　反対しないの？」

あっさりと許可が下りたことに拍子抜けし、観月は逆に戸惑いが隠せない。正直、殴り合いも覚悟していたくらいなのだ。

だが父は「ごめんなさい、ばかり言うんじゃないよ」と、違う部分を叱っただけだった。

「娘のやりたいことを否定するのは、親の所業じゃないでしょうに。それに、ワシが観月ちゃんをニンゲンから守ればいいわけだし。ワシ、アヤカシ界隈では最強だし。うん、そういうわけだ」

「お父さんね、みつきちゃんを一番応援する人になりたいのよ〜。きっと、みつきちゃんのお友達に嫉妬してるのよ〜」

「お友達？」

一瞬、母が誰のことを言っているのか理解できなかったが、どうやら「服作りを応援してくれた人」、つまりシェフのことを友達と誤解しているらしい。いや、もちろんお友達にはなりたいが。

「ワシ、見苦しい嫉妬なんかせんもん。花見ちゃん、変なこと言わんでくれる？」

「はいは〜い」

「むむっ。嘘くさい返事」

「嘘はサキュバスの通常装備なのよ」

ふんわりとした夫婦漫才が展開され、観月はとりあえずシェフのことを話さずに済んだのだが、その代わりではないが彩都ファッション専門学校を目指す条件を付け加えられた。

それは、学費を自分で貯めることだった。

「今までは甘やかしてきたけど、自分で決めたことだ。アルバイトをして学費を稼ぎなさい。……そうだな。ニンゲンだらけの場所は心配だから、ワシのクリニックの事務とか――。ってアレ？　観月ちゃんいないっ！」

「みつきちゃん、走ってどこかに行っちゃったわ～。もう晩ご飯なのに」

話している最中に、観月の姿は消えていた。ヴァンパイアの全力疾走はエンジン全開のバイク並みなのだから、一瞬目を閉じた父が気がつかないのも無理はない。

それくらい観月の行動は早かった。

🎀🎀🎀

「こ、こんにちは！」

観月がガラガラガラッと町屋風の建物の戸を横に滑らせると、カウンター奥のキッチンから例のシェフが顔を出した。営業時間中のはずだが相変わらず客はひとりもおらず、彼はせっせと調理道具を手入れしていたようだった。

「いらっしゃ……、あ。昼間のトマト目の子だよな。髪とか服装がえらく変わってるけど」

「変、ですか？」

観月は、ヴァンパイアルックと称した衣装でドンと胸を張った。

昼間の清楚な女の子から、主張の激しい赤と黒のゴシックスタイルに変わったのだ。否定されたらどうしよう……と、心の奥では怯えていたが、ここは逆に堂々と仁王立ちだ。

「手作りしました！」

「へぇ！　すごいな！　よく似合ってる。服作り、本当に好きなんだな」

シェフは感心した様子で観月をしげしげと見つめ、再び「すごいなぁ」と繰り返す。観月には、そのシンプルな反応が嬉しかった。

（やっぱり。やっぱり褒めてくれた。応援してくれるって言ってたもん。私の天使だもん）

「あ、あの……！」

嬉しくなった観月は「好き」と軽率に呟きそうになるのを堪え、意を決して本題を叫んだ。

「私をアルバイトとして雇っていただけませんか？　服飾専門学校に行くための学費を稼ぎたいんです！」

(好きなことのために、好きな人の所で働きたい。この人の役に立ちたい。この人の近くにいたい――)

ドドドドと高鳴る鼓動。銀の弾丸も杭も刺さっていないけれど、胸が苦しくて痛い。

でも、この気持ちはホクホクと温かくて甘い。

「いいよ。……爪、綺麗だし、明日からでも」

男性の視線は、観月の丁寧に手入れされた爪に注がれていた。それは【ガーリックキッチン彩花】で働くために、ネイルをせずに丸く削った爪だった。

「ありがとうございます！　私、鬼月観月です！　よろしくお願いします！」

「オニヅキさんね。よろしく。俺はアマツカ。天の使いって書いて、アマツカな」

「天使《あまつか》シェフ……！」

天使は、「テンシって呼ぶなよ」と少し恥ずかしそうな顔で笑った。その不意打ちの表情に、観月は胸の中で「うおぉぉぉ」と悶《もだ》える。

（私のシェフ、マジで天使《てんし》なんですけど……！）

第二章　エスカベーシュの一撃

鬼月一家が暮らす東京《とうきょう》都彩花市彩花町は、キラキラとした流行の店と昔ながらの老舗《しにせ》が混じる商店街を中心に広がり、東雲の通う彩花医科大学のほかにも大きな大学や女子校なんかがあるところで、比較的若者が多い町だ。

そしてついでに、隠れ住んでいるアヤカシも多い。

理由は、彩花町に国際アヤカシ連合——略して国連の総本部があるからだ。

国連は人智を超えた魔力や妖力を持ったエリートアヤカシが運営し、このニンゲン世界でアヤカシたちが安心安全に暮らせるように支援する組織だ。実は観月の父ヴァンも名誉相談役という謎のポジションに就いているのだが、父が何をしているのかは正直よく分からない。

父のことはさて置いて。国連の一般的な職務といえば、ニンゲンに紛れて暮らすための偽造戸籍や偽造免許証の発行といった身分保証が一番に挙げられるだろう。

つまりは、その国で生まれたわけでもなく、寿命もニンゲンよりはるかに長いアヤカシがニンゲンのフリをするための手続きだ。

諸手続きは平日の九時〜十七時しか受け付けてくれないため、より総本部の近所に住みたいと考えるアヤカシは多い。ちなみに支部はあちこちにあるのだが、業務の洗練具合と数においては、総本部より右に出る支部は存在しない。

そして、もう一つ。

観月もたいへん世話になっている国連総本部の部署がある。それは、〝アヤカシアイテム課〟だ。

アヤカシがアヤカシとバレないように生きていくための便利品を売ってくれる部署であり、鬼月家にはそこのセールスレディが定期的に販売に訪れる。

「こんにちは、観月さん。うふふ、いいアイテムが入りましたわよ！　見てくださいな」

玄関で母親相手に話していた彼女の名前は、美濃部《みのべ》みのりさん。見た目はマスクを付けた二十代の女性だが、実は三百歳近い口裂け女の妖怪だ。口癖は、「口が裂けても言えませんわ」だ。

「〝ミラクル神隠し結界札〟とか、〝スーパー清め塩対策邪水〟とか……、他にもいろいろ」

「けっこうです……。いつもの日焼け止めと爪切りください」

「〝アンリミテッド日焼け止め〟と〝ハイパー爪切り〟ですわね。〝ミラクルカラーコンタクト〟はいりませんの？」

昔から感じてはいたが、開発者のネーミングセンスには脱帽だ。名前を口にするこちらが、ついもにょもにょと小声になってしまうのだから。

「えーっと、コンタクトはもう付けないんでいいです」

「みつきちゃんの瞳を褒めてくれた人がいたのよね〜。だから、裸眼でいるのよね〜？」

「まぁ、素敵ですわ！　相手はどこのアヤカシですの？　口が裂けても言いませんから、教えてくださいな」

（もう裂けてるじゃん！）

母が余計なことを言ったせいで、みのりさんはぐいぐいと迫ってくる。

だが、絶対にダメだ。この人は恋バナが大好物で、他人の恋バナを元手に新たなる恋バナを仕入れるタイプなのだ。

これ以上何か聞かれて、好きな人がニンゲンだとバレたら非常に厄介なので、観月は「バイトがあるので、失礼しまーす！」と逃げるように家を飛び出した。

🎀 🎀 🎀

観月が【ガーリックキッチン彩花】でアルバイトを始めてから三日が経《た》ち、分かったことがある。

観月の愛しの天使こと、天使聖司《せいじ》は二十八歳の料理人。ニンニクを愛してやまないニンゲンだ。ほぼ一日中ニンニクのことを考えており、観月が声をかけなければ休憩も取らないし、店を閉めることすら忘れてしまう。ファッションにも疎く、観月のゴシックファッションのことをロジックファッションやゴシップファッションなどと言い間違え、自身は無地のTシャツしか着ない。ちなみに半袖Tシャツから見える腕の筋肉は、思わず「ご馳走様です！」と手を合わせたくなる逞しさだ。

共通点がないといえば、まったくない。だが、観月は天使にべた惚れしていた。天使がニンゲンであるにもかかわらず、運命の相手に違いないと強く思っていた。

観月がそう信じる理由は、不思議なことに彼の作る料理であれば、ニンニクが天敵である観月でも美味しく食べることができるからだ。

逆に、天使以外のヒトが作るニンニク料理は、これまで通りまるで身体が受け付けない。

鬼月家ではもちろんニンニクなんて購入されないため、観月は試しにスーパーのお惣菜《そうざい》の餃子《ぎょうざ》を買ってみようとした。だが、プラスチック容器の隙間から漏れ出るニンニク臭だけでめまいがしたため、あっさりと断念したのである。その他、中華料理や洋食系のお惣菜でも同じ結果だった。

(あれはマジで倒れるかと思った……。でも、シェフの料理は平気!)

これまで出してくれた賄い料理――ガーリックトーストやペペロンチーノは、初めこそ警戒していたものの、観月は美味しくぺろりと完食し、今の今まで元気である。むしろ、絶好調だ。理由は分からないが、「あなたじゃないとダメなの」という状況なのだ。

あとは、単純に外見と血の匂いがどタイプだ。目が離せないし、彼の周りの空気をずっと吸い込み続けたい。

つまりはそういう理由で運命を感じた観月である。
(彼女、いるのかなぁ。うう〜。こんなにディスティニーなのに)
だが、当の天使は運命の相手であると認知してくれる気配はない。
「ん？　俺の顔に何か付いてるか？」
と、そう天使に尋ねられては、観月は「い、いえ！」と顔を赤らめる——という
やり取りを三十分置きに繰り返しているのだ。観月はついつい天使のことを見つめ
てしまうわけだが、天使はこちらを意識して照れる様子も、うぜぇと怒る素振りも
ない。ずっと同じトーンで、まるで初めて起こった出来事のように「ん？」と口を
開くのだ。観月の脳に恋愛フィルターがかかっていなければ、「記憶の抹消速度早
すぎじゃないですか？」くらいの文句は確実に言うだろう。
そして、また三十分。また三十分。さらに三十分……。
お気づきだろうか？　観月が天使を見つめ続けている間中、つまり今の今までず
っとこの店にお客が来ていないという事実に。
(いや！　さすがに暇だわ！　見飽きないけど！)
十一時に出勤して店の掃除や食器の準備をするのだが、お客さんが来ないのでそ

の準備を永久に繰り返す。店内もお皿もピカピカすぎて、ヴァンパイアの観月がガラス面に映らないことがバレてしまうのではないかと、逆にヒヤヒヤしてしまう。

だが、当の天使は何も気がつく気配もなく、「鬼月。今日のメシ、何がいい？」などと賄《まかな》いのことで頭がいっぱいな様子だった。

「何でもリクエストしていいんですか？」

「和洋中、ニンニク料理ならなんでも作れるぞ！　どんと来い！」

（やっぱりニンニクだった！）

一応、家族にニンニク料理屋でアルバイトしていることは秘密にしているため、口臭消しのタブレットと消臭スプレーは常備している。だから、ニンニク料理を食べて帰っても大丈夫なはずだ。多分。

というわけで、観月は思う存分食べたい物を考える。店には閑古鳥が鳴いているとはいえ、このどタイプな顔をした美味しそうな血のシェフと、デートまがいの食事を二人ですることができるのだ。どうせなら食べたい物を食べさせてもらいながら、ガンガン距離を詰めていこうではないか。

ところが、観月の甘々アルバイトタイムは唐突に終了した。

「ここはタダ飯屋じゃないんだけれど？　誰、その子」

　店の裏口からホールに現れたのは、白髪の若い男性だった。高級感のある薄手のベストを合わせたスーツ姿をした細身体型の男性だ。控えめに言って、イケメン。正直に言うと、超イケメンで溢れんばかりの色気まである。

　そしてそんなイケメンが、綺麗な顔を歪《ゆが》ませて観月を睨んでいる。

　観月は「あんたこそ誰だ」と言い返したかったが、天使が彼に「おかえり」と声をかけたので、ギリギリのところで言葉を押さえ込む。

「しばらくだな、凌悟《りょうご》。何をやってたんだ？」

「ちょっと本業が忙しくてね。聖司は女の子を連れ込んでランチ？　お気楽だね」

「彼女は、アルバイトの鬼月観月さんだ。……えっと、あの辺に履歴書を置いてたはずだぞ」

　凌悟という男性の嫌味には少しも応えずに、天使は店の奥から観月の履歴書を引っ張り出しに行ってしまう。

　残された観月はとりあえず「鬼月観月です」と言ってお辞儀をしたが、鼻で感じたある事実が気になってしまい、その後の言葉が続かない。

「ふぅん。オニツキミヅキさんね」

「オニヅキミツキです」

この男、絶対わざと間違えている。だって半笑いだから。

「はいはい。オニヅキさんね。へぇ、瞳が赤いのはカラコン？　素敵な八重歯だねぇ。鬼っていうか、まるで吸血鬼みたいだ」

（わーっ！　何言ってくれちゃってるの！　シェフに聞こえたらどうすんだ！）

観月はじろじろと眺め回してくる凌悟という男に内心腹を立てながらも、必死に「そうですかー？」と笑って誤魔化す。だが、その男性はお構いなしに話し続ける。

「君、国連の相談役の娘でしょ？　なんでそこが売ってるカラコンとか使わないわけ？　ヴァンパイアってバレたらどうするの？　秘密にする気ないの？」

意地悪い言い回しの質問責めで、不愉快極まりない。

だが、それによって観月は確信した。

「あなたもアヤカシなんですね」

「そ。もし、僕が何のアヤカシなのか当てることができたら、褒めてあげるよ」

（別に、褒められたくないいんですが）

「僕は【ガーリックキッチン彩花】のオーナー。ニンゲン名は、白沢《しらさわ》凌悟」

白沢凌悟は、右手をスッと差し出す。

観月は軽い握手で応じようとしたのだが、手から伝わってくる威圧感に思わず「あわわ」と震え上がってしまった。

（この人、半端ない妖力のアヤカシだ！）

白沢の手から流し込まれたものは、彼の持つ妖力の一片。

妖力とは、アヤカシの魂に備わる力のことだ。妖力を用いた術を妖術といい、西洋出身のアヤカシであれば魔術と言い換えたりもする。

ニンゲンが魔力や妖力を感じ取り、アヤカシをアヤカシとして認知することはごく稀《まれ》だ。大抵の場合、アヤカシは国連の手厚いサポートを受ければニンゲンに馴染《なじ》んでしまえるので、よほどの霊能力者や陰陽師《おんみょうじ》、アヤカシ祓いなんかが現れない限りは気づかれることはない。

だが、アヤカシどうしならば話は別だ。

いくら見てくれを変えても、アヤカシは同族を見逃すことはない。ある者は魔力が色付きで見えたり、またある者は妖力の音が聴こえたりするという。

感じ方は人それぞれなので説明はし難いのだが、観月も例外なく目の前にいるアヤカシの妖力を感じ取っていた。

白沢淩悟からは、ニンゲンと異なる匂いがするのだ。言い表すのが難しいが、桃の香りの石鹸《せっけん》で綺麗にシャンプーされたマルチーズみたいな匂いだ。

(この人、何のアヤカシ？　セレブなマルチーズの妖怪？)

観月は白沢と握手した手を引っ込めつつ、真剣に悩むが答えは出ない。

手が一瞬で痺《しび》れるほどの密度の妖力と、桃石鹸マルチーズの香りでめまいがしてくる。

ちなみに父からは葡萄《ぶどう》酒、母からは薔薇《ばら》、東雲からは墨汁《ぼくじゅう》のような匂いのオーラを感じている観月なので、その感性と例えはあまりアテにならない。

「僕は正体がバレるようなヘマはしないけれど、君のせいで聖司がアヤカシの存在に気がついてしまった暁には、命の保証はしないから。労災とか下りないから」

「は、はい」

白沢の目が怖い。先ほどの握手は「よろしくね」の握手ではなく、妖力を知らしめるための脅しだったらしい。

観月だって、もちろんヴァンパイアであるという秘密を天使に知られるつもりはないのだが、これはますます慎重にしておいた方が良さそうだ。

そうこうしていると、ようやく履歴書を見つけ出した天使がホールに戻って来た。

「すまん、お待たせ」と、大きな身体で申し訳なさそうにしている姿が可愛い。

だが、キュンキュンしていた観月の耳に予想外の言葉が飛び込んできた。

「ありがと、聖司。じゃあ、改めて鬼月さんを採用するかどうかを検討しようか」

「えぇっ？　私、まだ採用されてなかったんですか？　三日も働いてたのに！」

「そうだぞ、凌悟。掃除とか、洗濯とか、皿磨きとか……、賄いも食べたぞ！」

「なら、掃除と洗濯とお皿は賄いでチャラね」

白沢は、観月と天使の抗議を「決定権はオーナーの僕にある」と、あっさりと一蹴してしまう。まったく、横暴で偉そうである。

「正直、バイトを雇う余裕なんて、うちにはないんだよ。でもまあ、即採用の条件、なくはないんだよねぇ。……さ、お腹も空いたし、賄いでも食べながら話そうか」

「ん〜っ！　このサンドイッチ美味しいです〜！」

観月は、綺麗に三角形にカットされたサンドイッチに豪快にかぶりついていた。

今日のニンニク料理も、やはり口も胃も大歓迎状態。パンの食感が軽いのでガツガツと食べたくなってしまうため、歯止めが利かなくなりそうで怖いくらいだ。

本日の賄いは、ツナのエスカベーシュサンド。エスカベーシュとは、地中海料理の一種だそうで、現地では様々な魚を使うらしい。

天使流では、お酢とオリーブオイルをベースとしたソースにツナ缶、ニンニク、玉ねぎ、パセリ、唐辛子などを混ぜ合わせた超お手軽マリネであり、お好みでマヨネーズを足してパンでサンドする。お酢の爽やかな酸味とニンニクのガツンとした風味が癖になる、賄いにしておくのはもったいない料理だ。

そんな美味しいサンドイッチをむしゃむしゃと食べながら、第一回【ガーリックキッチン彩花】ミーティングは開催されていた。

「前置きはしないよ。この店はオープンから二週間経ったけれど、お客さんがまるで来ていない。よくないよね？　アルバイトの給料どころか、正社員の聖司も食いっぱぐれるよ」

白沢は「僕は違うけれど」といった意味を強調するかのように、観月と天使を順番に指差した。彼は店に入ってきた時に本業がどうこう言っていたので、娯楽か何かのつもりでこの店を副業経営しているのだろうか。確かに身に着けているスーツや靴は高級品のようだし、裕福な人種には違いない。

それはさて置き、観月は「やっぱりお客さん来てなかったんだ！」と事態を深刻に悩み始めた。天使のいるこの店で働きたいのは山々だが、お給料をもらえなければ専門学校の学費を稼ぐことができない。本末転倒もいいところだ。

そして、ハッとした。

「ま、まさか私が来てからお客さんが来なくなったとか？　だから、雇いたくないって言いたいんですか？」

(私、疫病神じゃなくてヴァンパイアなのに！)

「いや。君が来るより前。……腹立たしいけれど、僕が店に来れなかったせいだね」

「二人とも、被害妄想と自意識過剰が過ぎるぞ。俺の力不足に決まっているだろう。俺のニンニク料理がもっと旨ければ……！　くそっ！」

「そんな！　天使シェフの料理はすっごく美味しいのに！　きっとお店の立地が悪いとか、宣伝不足とか、もっと別の理由ですよ！」

「励ましてくれるのか、鬼月！　ふがいないシェフですまん！」

必死に励ます観月。拳を握りしめて悔しがる天使。そんな暑苦しい二人に、白沢はうんざりとした視線を向けてくる。

観月としては「天使《てんし》がこんなに落ち込んでいるのに何様だ！」と叫びたくなるが、叫んだところで暖簾《のれん》に腕押しとなる結果は目に見えていたので、ひたすらに天使を慰めた。

「はいはい。じゃあ、改めてどうするかだけれど……。まず料理はそのままでいい。聖司はＳＮＳの宣伝を頑張って。ＩＮスタさぼってるの、知ってるんだからね」

「アカウントを監視するくらいなら、俺と宣伝担当を代わってくれ。苦手なんだ」

「不慣れな感じがいいんじゃないか。ちゃんと写真も載せてよね」

（シェフのＩＮスタ？　フォローしなくちゃ！）

そわそわとスマートフォンに触れようとした観月だったが、直後の白沢の言葉のせいで「はい？」とフリーズしてしまった。

「僕と鬼月さんは外敵駆除係。首をあげたら、即アルバイト採用ね」

（クビヲアゲル？　物騒過ぎる！　あんた、なに時代のアヤカシだ）

外敵駆除とは、どういう意味なのか。ネズミでも住み着いているのだろうか。

だが、採用条件と言われたら、とにかくやるしかない。いや、やってやろうではないか！

「白沢さん。詳細説明お願いします！」

（私は疫病神じゃなくて、お客を呼ぶ招きヴァンパイアになるんだから！）

🎀　🎀　🎀

ミーティング後、観月は眼を皿のようにしながら、店の周りをぐるぐると歩き回っていた。少し後ろを白沢も歩いているのだが、彼はただ優雅に散歩して、気が向いたら話しかけてくるだけだ。

「ねぇ、君のその私服って手作り？　ゴシックワンピ、とか言うのかな？」

「そうですけど。ハンドメイド感が出てるって、言いたいんですか？」

「いや。売り物みたいだって褒めてあげるつもりだったんだけど、萎えたよ」

しまった。てっきり服が派手だとかヴァンパイアっぽいだとか、難癖つけてけなされるのかと思っていたため、せっかくの会話の機会を失ってしまった。

白沢は少々か大分か性格がひねくれていそうだが、それでも彼は同じ職場（になる予定）のアヤカシなのだから、秘密を共有する者としても仲良くしたいというのに。

（うっ。シスター風のゴシックワンピなんですって、笑いを取る方向で返せばよかった……）

渾身《こんしん》の白のレースが綺麗なビブ・ヨークと縦襟が、ただただむなしい。

実直で単純そうな天使は見ているだけでホクホクとした気持ちになれるのだが、何を考えているのか分からない白沢といると、どうにも緊張してしまう。その上、嫌味を言われるのではないかと身構えてしまう。正直やりづらい。

「あの……、白沢さんは一緒に探してくれないんですか？」

「僕？　僕が動いたら一瞬で片付くよ。そうしたら、君の手柄はなくなるけれどいいのかな？」

「……じゃあいいです」

ダメだ。とっつく部分が見当たらない。

今、観月が探しているのは、外敵――営業妨害をしているアヤカシだ。

白沢によると、この店にまったく客が寄り付かなくなった原因は、ニンゲンが店の存在を認識できなくなったからだという。そこにあるのに見えない。店だと気づくことができないという状態なのだ。

「そんな力を持ったアヤカシなんていいます？　っていうか、シェフはニンゲンですけどお店に来てますよ？」

「聖司は特別。彼は、割とこっち寄りだから」

「えっ！　シェフって、アヤカシなんですか？」

「ニンゲンだよ。……無駄口はいいから、早く見つけてくれないかなぁ。どこかにあるはずなんだよ。アヤカシの痕跡が」

興味のない雑談を拒否する姿勢の白沢に急かされ、観月はムッとしつつも歩みを早める。

正面入り口、グリーンの暖簾が綺麗だ。異常なし。

小庭、お花が綺麗だ。異常なし。

窓ガラス、ピカピカ。異常なし。

お隣さんとの間の塀。ツタに侵食されているが、異常なし。

裏口、特に異常なし。

「ない！　ないですよー。何も」

国連の便利品、〝アンリミテッド日焼け止め〟を露出部に塗りたくっているとはいえ、五月の日差しは凶悪なのだ。正直、ヴァンパイアの観月には拷問のようにキツい。

疲れ果てて弱った観月は、「妖力の匂いもうっすいし……」と店の入り口の前にしゃがみ込む。

まさか、地下に潜んでいたりして……？　と、地面を嗅いでみたが、土の匂いしかしなかった。

白沢に言われてから気がついたのだが、たしかに店の外側からアヤカシの気配はするのだ。白沢の桃石鹸マルチーズ以外の匂いなのだが、それが薄っすらとしか感じられないため、捜査は難航していた。

「店の前で犬みたいなマネしないでくれる？　ニンゲンから見えていないとはいえ、僕が恥ずかしい」

白沢が偉そうに近づいて来て、尊大に観月を見下ろす。

観月はそのおかげで彼の影に入ることができたのだが、つくづく嫌味な言動にうんざりしそうになってしまう。

「だって、匂いがほとんどしないんです。だけど、ニンゲンからお店をまるまる一軒見えなくしちゃうほどだし、それなりの術とか魔法ですよね。遠いところにあるのかなぁ」

店の敷地内にいる観月たちの姿は、どうやら本当にニンゲンたちには見えていない上に、声も聞こえていないようだった。店の入り口の前でしゃがんでいても、こんなアヤカシトークをしていても、商店街を通る人々はまるで無視なのだ。

「僕は魂を透かして見てるんだけど、君は匂いで感じるのか。なんだか変態臭いね」

「白沢さんって、本当に口が悪いですね」

「嫌なら、アルバイトも聖司のことも諦めてよ。はい、立った立った」

（どうしてそれを！）

恋愛感情まで見透かされてしまったのだろうかと、観月は真っ赤になって白沢を見上げる。そこで観月の目に飛び込んできたものは、眩《まぶ》しい太陽と青空を背に立つイケメン――ではなく、下から見た店の屋根だった。

（そうだ！　屋根だ！）

「まだ屋根の上を探してなかった！　白沢さん、脚立か何かありませんか？」

「ないよ。君、ヴァンパイアなんだから自分で跳んで上がりなよ。ほら、ニンゲンからは見えてないから早く」

言われてみれば確かにそうだと、観月は〝封印の耳飾り〟――ルビーのように赤い石がはめ込まれたイヤリングを外し、思いっきり地面を強く蹴り上げてジャンプした。

すると、普段は自動で制御されている身体能力が戻り――、いや今日はそれ以上にパワーがみなぎっている感覚があった。身体は軽く、筋肉はしなやかに動き、五感も冴えわたっているのだ。

ヴァンパイアは嵐を操る（観月はそんなことできたことはない）力を持つと言わ

れているだけあってか、観月の身体はゴウゴウと唸るつむじ風に押されるようにして高く舞い上がり、屋根に綺麗に着地した。

そして、同時に見つけた。

二階の瓦屋根の上に、着物姿の青年の影を。頭部に生える柔らかそうな琥珀《こはく》色の三角耳、同じ色のふわふわとした大きな尻尾。それは、狐《きつね》のアヤカシ——妖狐《ようこ》に違いなかった。

「アヤカシ、いたぁぁぁぁっ！」

観月は勇ましい声をあげると、瓦を蹴り上げ一気に前方に跳んだ。風を纏った黒のワンピースと長い金色の髪が雷の残像のように宙を駆け抜ける。

「よくも、営業妨害してくれたなーーーっ！」

「ひぇっ！　見つかってしもた！」

狐だろうが狸《たぬき》だろうが容赦はしない。

観月が必死になるのは、自分が【ガーリックキッチン彩花】でアルバイトをしたいという理由だけではない。一番は、天使のためだ。

（自分の料理に魅力がないせいでお客が寄り付かないいんじゃないかって、天使シェフを不安にさせた。悲しませた。悔しい思いをさせた。私はそれを、許さない！）

「エスカベーシュでフルパワーだ！　コノヤロー！」

観月は逃げ出そうとした青年妖狐にあっという間に追いつくと、彼の尻尾をがっしりと掴《つか》み、その場で力いっぱいフルスイング。そして、遥《はる》か彼方《かなた》に投げ飛ばした。

ビュウウウン……キランッ！

妖狐は漫画のように青空に吸い込まれ、星となって姿を消した。

「わーっ！　ど、どうしよう！」

残った観月は生まれて初めてヒトを空の彼方に投げ飛ばしたことで、とんでもなくスッキリはしたものの、営業妨害の犯人を捕まえることができずに困り果てていた。

「白沢さんに何て言おう！　首は取れないから、生け捕りにするつもりだったのに……。狐がいたんですって言って、信じてくれるかな」

観月は妖狐が使用していたと思われるお札――〝ミラクル神隠し結界札〟をぺりりと屋根瓦から剥《は》がしながら、深いため息をついた。

（これって、すごいお札だったんだなあ。国連アイテム課、恐るべし）

さて急いで撤収だと、観月は屋根の上から地上を見下ろした——が、そこに今までいたはずの白沢の姿はなかった。飽きて店内に入ったのだろうか。まったく、薄情なオーナーだ。

🎀 🎀 🎀

観月が屋根から下りていた頃、店から少し離れた場所——彩花町の住宅街の中にひっそりと鳥居を構える彩花神社に青年妖狐は半泣きで駆け戻っていた。

青年妖狐は、投げ飛ばされた瞬間に狐火に姿を変えたため大事には至らなかったのだが、金髪のヴァンパイア娘に鷲掴《わしづか》みされた尻尾が痛くてたまらない。だが、涙を浮かべているのは痛みのせいではなく、尊敬している兄貴分の期待に応えることができなかったからだ。

「兄貴！　ほんま、すんません！　とちりました……！　けじめとして、尻尾詰めますんで！」

彼は神社の賽銭《さいせん》箱の前で胡坐《あぐら》をかいている中年妖狐に向かって、悔しさ全開で盛大に土下座をしていた。その周りには若い妖狐たちがズラリと並び、彼らも悔しそうな表情で唇を噛んでいる。

構図としては、中年妖狐が彼らのボスで、若い連中はその部下であるということは一目瞭然だ。だが、当の中年妖狐は麻の浴衣《ゆかた》をだらしなく着た狐のおじさんといった風貌で、どうにも締まりがない。

「ええて。しゃぁない。まさか、吸血鬼娘がおるとは思わへんかったわ。怪我させてもて、すまんなぁ」

「でも兄貴！　俺らのビッグビジネスは……」

「縁がなかったんやろ。大人しく手ぇ、引こか。……はいはい、この件はこれで終《しま》いにしよ！」

中年妖狐は解散の号令をかけ、その場を去ろうとした――が、進路を塞いだ男がいた。

「やぁ。久しぶりだね。半世紀ぶりかな？」

気配もなく突然現れた白髪の男に、若い妖狐たちが驚きざわめいた。なかには攻撃の構えを取る者もいたが、中年妖狐はそれを視線で制した。そして、わざとらしい驚きの表情を浮かべて、白髪の男に向き直る。

「ややっ。日本に戻って来てはったん？　中国《ちゅうごく》は飽きてもたん？」

「白々しい。知ってたくせに……。組の情報網は伊達《だて》じゃないだろ」

高級スーツに身を包み、細い腰に左手を当てて立つ白髪の美男子。まるでモデルのようなルックスだが、その微笑みの中の瞳はまったく笑っていない。むしろ、怒りを前面に滲ませている。

「さ。何故僕がここに来たかも分かっているよね？　実行犯はそこの若い彼だけれど、指示したのは君なんだろ？」

「そないに目くじら立てんでも。……ウチの組で、ニンゲンをカモにした新しいビジネスをしたかったんや。もっふもふのイケメン妖狐がいる食事処。ラノベとかでよう見る、女の子が好きなやつや。その料理番に天使君を据えたかったんやけど、彼を口説いとる最中に、どこぞの牛にかすめ盗られてしもてなぁ」

「牛じゃなくて、獅子《しし》だけれど？」

白髪の男――白沢の長い脚がドガンッと境内の柱を蹴り上げ、若い連中が怯えた悲鳴をあげた。中年妖狐も「おお、こわ」と両手を挙げて降参のポーズを取る。

「罰当たりなことするわぁ」

「ここの神様、君でしょ？　アヤカシに転じた狐神。なら、かまわないよ。怖くないから」

「うわ、めっちゃ無礼やん」

「無礼なのはそっちだ。オープンしたばかりの店にちょっかいかけて。不可視の結界が解けたとしても、客が寄り付かなかった時間は返ってこない。店――、聖司と僕にとって大事な時期だったんだ」

「おたく、店空けてましたやん」

「それも、君の策略だろ？　まんまと地方に呼び出された」

白沢はチィッと舌打ちし、「とにかくさ」と声を落ち着けて言葉を紡ぐ。

「僕の目的と、聖司の夢の邪魔をした損害賠償は安くないから。そうだな、毎日飲食しに来てくれる？　あと宣伝して。アヤカシだけじゃなくて、ニンゲンにも。お客が増えなかったら、君たちで一日三十万円分飲食してもらうから。……できるよね？　雑に儲《もう》けている妖狐職業管理団体の【灯籠組《とうろうぐみ》】なら、簡単だよね？」

「あ、阿呆《あほ》な。そないな大金、賽銭箱に貯まってへ――」

メキメキィッ！

そう言いかけた中年妖狐は、ひゅっと息を呑《の》んだ。

今度は蹴られたわけでもないのに、境内の柱の一本が大きな音を立てて崩れ落ちたのだ。

「ひぇーっ！　もう、分かったからやめてや！　堪忍して、白沢《ハクタク》さん！」

「分かればいいよ。生かしてあげる」

白沢は額にある第三の目を前髪で覆い隠しながら、偉そうな笑みを浮かべて言い放つ。

「あ。お参りしとくよ。——商売繁盛しますように」

🎀　🎀　🎀

妖狐撃退後、観月は店内での仕事に戻っていた。

勝負服として身に着けていたシスター風ワンピースから、アルバイト用の動きやすいシャツとパンツ、そして天使とお揃《そろ》いのダークカーキのエプロン姿だ。

お揃いのエプロンといってもネットで格安で購入した量産品であり、とてもではないがお洒落とは程遠い。観月としてはかっこよく手を加えたいなぁとウズウズしてしまう代物なのだが、給料どころか、採用の見込みまで消えかけている今、そんなことは言い出せない。

そして何より、少しでもお客を呼ぼうとメニューの改良や開発に勤しむ天使の姿が健気でならず、胸が痛くてたまらないのだ。

「気軽に店に立ち寄れるようなメニューは、何だろうな。テイクアウトできれば、昼休みや仕事帰りにでも来やすいと思うんだが……。鬼月は、どう思う？」

あぁでもない、こうでもないとテーブルの上のレシピ集を見て悩む天使だが、まさかアヤカシによる営業妨害が原因とは思いもしないだろう。

だが、神隠しの結界札を剥がしたからといって、すぐにお客が来るわけでもない。貴重なスタートダッシュ期間を無にしてしまった【ガーリックキッチン彩花】は、結局営業継続の危機に晒《さら》されていることには変わりないのだ。

何か……。何か少しでも自分が天使の役に立てることはないだろうかと、観月は一生懸命に考え、ハッとして口を開く。

「今日の賄いをたくさんのヒトに食べてもらいたいです！　私、アレを食べたおかげか、すごく体の調子が良くて……！　あのサンドイッチなら、テイクアウトにもピッタリじゃないですか？」

「エスカベーシュサンドか。……なるほどな！　あれなら安く提供できるし、日替わりで魚を変えるのも面白いな！　いい案だ、鬼月！　さっそくいくつか試作してみようじゃないか！」

沈んでいた天使の瞳がキラキラと輝き、水を得た魚のようにイキイキとキッチンに飛び込んで行く。

単純明快。料理馬鹿。だが、そこがいい。応援したくなるところがとてもいい。

観月も手伝おうとキッチンに入ろうとした時、ガラガラガラと木製の扉が開かれる音がした。

「ただいま」

どこに行っていたのか知らないが、白沢がふらりと帰って来た。

「おかえり。今な、鬼月とテイクアウトメニューを考えていたんだ！　なかなかいい案だと思うんだが――」

「うんうん。いいけど、それ、後回し。貸し切り宴会の予約が入ったから、すぐに準備して」

「本当か！　やったな！」

白沢の淡々としたセリフに天使は暑苦しいガッツポーズで応え、再び意気揚々とキッチンに駆け込んでいく。久々にお客に料理の腕を振るえることが嬉しいらしい。

「あの、白沢さん」

置いてけぼりになっていた観月は、取り逃がした妖狐の話をしようと覚悟を決めて白沢に話しかけた。

(犯人の首、取ってないし。捕まえることもできなかったし。アルバイト不採用だよね……)

「屋根に妖狐がいたんですけど、私、ぶっ飛ばしちゃいまして……。嘘じゃないんですよ！　本当に――」

「は？　知ってるよ。今からそいつらが団体で来るから忙しいんだけど。さっさと君も仕事してくれない？　猫……じゃなくて、ヴァンパイアの手も借りたいから」

「えぇっ？　わけ分かんないんですが？」

混乱する観月に説明をすることが面倒くさいらしく、白沢は「はぁぁぁ」と嫌味交じりのため息をつく。そして、一気にまくし立てる。

「君の着てたワンピースさ、襟とか袖とかシスターっぽかったよね。ヴァンパイアが聖職者の恰好をするなんて、ふざけすぎ。……だけど、すごくよくできてる服だったし、バイトの合間にウチのエプロン作ってくれないかな。別で報酬出すから」

舌打ちで言葉を締めた白沢。その舌打ちを照れ隠しだと信じることにした観月は、満面の笑みで返事をした。

「任せてください！　オーナー！」

嬉しさいっぱいの観月がキッチンに目をやると、グッと親指を立てて頷く天使が顔を覗かせていた。可愛い。はい、目に焼き付けました。

これで晴れて本採用。ヴァンパイア娘は、ニンニク料理専門店【ガーリックキッチン彩花】の一員となったのだった。

第三章　愛と友情のあいがけカレー

妖狐事件から数日経った【ガーリックキッチン彩花】──。

そこには美味しい料理を作る天使、くるくると元気に給仕を行う観月、そして楽しそうに食事をするお客たちの姿があった。

営業妨害の一件が解決してから少しずつ客足が増え、ようやく店として成立するようになってきたのだ。

そして、店員二人が付けている爽やかな若葉色のエプロンは、胸元に店の名前の刺繍《ししゅう》が入っている観月の自信作であり、手作りと知ったお客からの評判も上々だ。

「鬼月！　ペペロンランチ二つ、奥の席に。手が空いたら、エスカベーシュサンドの包装を頼む」

「はい！　了解であります、シェフっ！」

観月が調子に乗って敬礼ポーズを取ると、天使はそれが気に入ったのか、

「うむ。任せた！」

と、自らも敬礼ポーズで応えてくれた。

（ひぇぇぇーっ！　可愛すぎるぅぅぅっ！）

拝啓
サキュバスの母上様。私の瞳を褒めてくれた人は、とても誘惑力が高いです。

敬具
観月がそんな手紙を心の中で読み上げていると、「変な手紙を読んでる暇があったら、手を動かしなよ」と、嫌味ったらしい声が頭の上から降って来た。声の主は、確認するまでもなくオーナー白沢である。

白沢はキッチン担当の天使、ホール担当の観月と異なり、主に金銭管理や法律といった手続き関係を担当しているため、二階の事務所や店外に出かけていることが多い。だが、昼と夜の最低二回は店員二人に喝を入れにやって来るのだ。

観月はそんな白沢に「手紙なんて読んでませんよ」と澄ました態度で言い返すのだが、彼にとってはどうでもいいことらしかった。白沢は混みつつある店内を見渡すと、「僕も手伝うよ」と手早く若葉色のエプロンを纏っている。

「白沢さんも、ホールに入るんですか？」

嫌味製造機なのに大丈夫ですか、という言葉は胸の奥に封じておく。

「僕は何でもできるからね。君みたいに注文を取り間違えたり、お皿を割ったりしないから。それに、嫌味製造機じゃないから」

観月はギョッとして後ずさる。

この桃石鹸マルチーズオーナー、心を読んでいるじゃないですか。

白沢は相手の魂を透かして見ることができると言っていたが、どうやら胸の内まで見えてしまうらしい。恋の駆け引きが有利になりそうで羨ましいが、心を読まれるこちらはたまったものではない。

(うかつに変なこと考えられないじゃん。気をつけなきゃ)

心が読めるという意味を深く理解していない観月は、形だけは反省しておこうと、「すみませんでした」と取り敢えずの謝罪を口にした。

そして、白沢が「やれやれ。君ってやつは」と呆れた声を出した時——。

勢いよく、店の戸が横に滑る音がした。

かと思うと、次の瞬間には開いた戸からヒュォォォォォ……ッと、とびきり冷たい風が吹き込んで来たではないか。

「さむっ」、あるいは「さぶぅ」と、店内のお客たちが震え上がって身を縮こまらせる。もちろん、ホールにいる観月と白沢も例外ではない。観月の「いらっしゃいませ」の声は震えすぎでビブラートが効いていたし、白沢は大急ぎで店のエアコンを起動させていた。

だが、来店したお客――背の高い銀髪の青年がそれを気にする様子はない。

彼は近くにいた観月に目を留めると、内股で駆け寄って小声で囁《ささや》いてきた。嬉しそうに弾んだ声で、だ。

「ここって、アヤカシがやってるお店？　アタシ、雪女なの。アヤカシ割引きってないのかしら？」

「な、ないです」

雪女の定義とは？

観月の目がテンになっていることと、囁かれた耳がキンキンに凍りそうになっていることは、さて置いて。

観月が雪女と名乗る男性客を接客している短い間に、食事をしていたニンゲンのお客たちは「なんか寒すぎない？」と言いながら帰ってしまった。無論、それを見た白沢は陰で舌打ちを連打していた。

一方、そんなこととはつゆ知らず、雪女はルンルンで店内を見回している。

「きゃ〜！　大正レトロだわ！　懐かしい〜。ステンドグラスも照明も素敵〜。映えまくりじゃないの！　ＩＮスタにアップしなくっちゃ」

「おおお、お料理もおいおいおいしいんですよ」

乙女な雪女のテンションは高いが、周囲の気温はとんでもなく低く、観月は奥歯をガタガタ言わせながら注文の品――トマトとバジルの冷製パスタをサーブした。せめて、温かい料理を運ばせてほしい。手がかじかんできた。

雪女と言えば、雪の日に現れるという女の姿をした日本妖怪だ。雪女郎や雪降り婆なんて呼び方もあり、東北地方周辺で暮らしている超女系アヤカシだと聞いたことがある。

「私、彩花町で初めてお会いしました。雪女さんに」

観月は奥歯を噛みしめて口を開く。すると、吐く息が白くてギョッとしてしまう。

（今、室温何度？）

「そうなの。アタシ、最近この町に来たばっかりの雪女で。夢の上京ってやつ。雪女ドリームね」

「雪女ドリーム……」

だから、雪女の定義とは？

天使ほどではないが、雪女氏の身体も相当に逞しい。いわゆる細マッチョ体型で、ぴっちりとしたロングTシャツとスキニーデニムが、男性らしい筋肉を強調している。内股だし、フォークを持つ右手の小指が可愛らしく立っているけども。

「お客さんは、もしかして北風寒太郎《きたかぜかんたろう》？」

不意に会話に入って来た白沢の口から出た名前は、かの有名な歌を連想させるものだった。「雪女じゃなくて、元、小僧でいらっしゃるわけですか」と観月は言いたくなってしまったが、的外れだと察して口をつぐむ。

アヤカシは皆、ニンゲンの世界で生きるための名前を申請しており、それに深い意味を持たせない者も多い。実際、白沢は「全てを〝凌駕《りょうが》〟して、何もかも〝悟る〟んだよ。僕は」と、名づけの理由を語っていたのだ。

北風寒太郎氏も案の定――。

「その名前は捨てたわ。ママが勝手に付けただけだもの。アタシのことは、〝深《み》雪《ゆき》〟って呼んでちょうだい」

バチコーンッというウインクによって、冷気が勢いよくぶっ放される。観月は真正面からそれを受けて震え上がり、白沢は素早く避けて話を再開する。

「北風寒太郎っていえば、百五十年ぶりに生まれた男の雪女だ。非常に妖力が強くて、雪山に籠っていると聞いていたけれど」

(男の雪女……)

もう、何も言うまい。時代はジェンダーレスなのだから。

「ヤダわ。雪山に引き籠るなんて、つまらないじゃない。アタシの夢は、この世のアヤカシを美しくすること――、エステティシャンとして一旗揚げることなのよ！」

深雪がバンと胸を張ると、自動的に胸筋が強調されて漢《おとこ》らしく見えてしまい、凝視していいのかどうか迷ってしまう。悪くない筋肉だ。いや、天使の方が数万倍好みなのだが。

「エステされるんですね。いいなぁ。肌が綺麗って言われてみたい」

観月とて、年頃の女の子。ただのゴシックファッションオタクではなく、美容にだって興味はある。天使に恋をしてから、それへの憧れは尚更《なおさら》大きい。

　すると深雪はそんな観月をいじらしく感じたのか、「ちょっとお肌見せてちょうだい」と、細く綺麗な指をスッとこちらに向かって伸ばす。

「カウンセリングしてあげる。ヴァンパイアちゃんのお肌年齢はいくつかしら」

「わーい！　ありがとうございぃぃぃぃぃぃやぁぁぁぁぁぁっ！」

　店内に響く観月の悲鳴。それは、深雪に頬を軽く触れられた瞬間だった。

「つっ、冷たいです！　深雪さんの指！」

　誰もいなければ、床を派手に転げ回っていただろう。それくらい深雪の指は氷のように冷えていたし、実際、観月の頬には霜がついていた。

「やっぱりね。アタシ、いつもこうなの」

「ちょ、あの……。やっぱりって、何ですか。私じゃなかったら、重症でしたよ？」

「ごめんなさい。ヴァンパイアはタフだから、なんとかなるかと思っちゃって」

（ひどいな、おい）

　けれど、しょんぼりと肩を落とす深雪を見ていると、観月の抱いた腹立たしさはあっという間にどこかに吹き飛んでしまった。ただし、冷たがって奇声を発した観月を笑った白沢のことは許さない。

そして深雪は「末端冷え性がひどすぎて、お客さんにエステができないの」と、悲しそうに悩みを吐き出した。「アタシ、雪女じゃなかったらよかったのに……」と。

おそらく深雪は末端冷え性ではなく、全身が冷え冷えだとは思う。それが雪女の特性なのだ。ヴァンパイアの持つ吸血衝動のように、己ではどうにもできない性《さが》というやつだ。

(じゃあ、深雪さんはエステティシャンを諦めるしかないの?)

観月は、胸が締め付けられる思いで深雪を見つめた。

彼女(彼)は、少し前の観月に似ている。ヴァンパイアであることを恨み、種族の特性をハンデとして悩んでいた観月に。

「私、深雪さんの夢を応援したいです」

「ありがとう。でもいいのよ。この冷え性は、どうにもならないもの」

深雪は観月に優しく微笑んでくれたが、耐えきれず「はぁ……」と、白く重たいため息を吐く。そしていつの間にか冷製パスタの皿が綺麗に空になっており、深雪は支払いの準備をし始めている。

「美味しかったわ。また寄せてもらいたいけど、廃業して実家に帰ってたらごめんなさいね」

「深雪さん……！」

彼女（彼）をこのまま帰したくない。けれど、今、彼女（彼）に何をしてあげられるのかが思い浮かばない。焦って視線を飛ばした先の白沢も、妙案は持ち合わせていないらしく、黙って伝票を切ろうとしていた。

だが、【ガーリックキッチン彩花】にはもう一人いた。

アヤカシではないし、もちろんアヤカシ事情も何も知らないが、お客さんを「元気に、パワフルに、エネルギッシュにしたい」と願う我らがシェフ——天使聖司が。

「冷え性に悩んでいるのか？　なら、俺に任せろ」

冷え性という言葉が聞き捨てならなかったのか、天使は洗い物を中断してキッチンから出て来た。自信満々に。早くもドヤ顔で。

「シェフ……！　何かいい方法があるんですか？」

「俺が言うんだ。ニンニク料理に決まっているだろう！　鬼月、手伝ってくれるか？」

やっぱり、ニンニク。はい、喜んで！

腰に手を当て、仁王立ちしている天使。その腕と腰の三角の隙間に入り込みたい衝動に駆られる観月だったが、グッと堪えて「イエッサー」と敬礼してみせた。

天使を初めて見た深雪が、「あら、美味しそう。食べちゃいたい」と、不穏な台詞を口にしていたが、観月は大サービスで聞こえないフリをしてあげたのだった。

🎀 🎀 🎀

昼下がりの彩花商店街。

金髪に派手な色目のゴシックファッションの少女と、黒の無地Tシャツにデニムというそっけない服装の男性という異質な二人組が歩いていた。観月と天使である。

二人は、明日の予約客——深雪のための買い出し中なのだ。

まずは、キッチン用品店で大量の瓶を購入。その後、八百屋で野菜を購入し、これからスパイス専門店へ行くところである。新聞紙にくるまれた瓶と野菜たちが、それぞれのエコバックの中で「買い物の順番間違えてますよ」と叫んでいる気がする。

「重たくないですか？」

「鍛えているから平気だ」

そう言いながら、天使は観月の大好物――逞しい筋肉を見せつけてくれた。

尊い。有難《ありがと》うございまする……と、まるで気分は仏様を拝む村娘だ。

(仏様には会ったことないけど)

天使が深雪の悩みを解決しようと張り切ってくれていることが、観月は嬉しくてたまらなかった。アヤカシもニンゲンも関係なく、やっぱりシェフはとても優しいヒトなんだと思えば思うほど、胸の奥がキュンとする。彼の優しさを独り占めしたい気持ちと、みんなに知ってほしい気持ちがせめぎ合う感覚は、悪いものではないらしい。

「鬼月は、エステに興味があるのか？」

浮かれていた観月に、天使が語りかける。脈絡のない内容だったが、深雪の仕事のことを思い出したのだろう。

「そりゃ、興味ありまくりですよ。つやつやのもちもちもち肌になって、好きなヒトから褒められたら嬉しいなぁ、なんて……！」

「なるほど。女の子らしい発想だな」

天使、あっさり味がすぎる。

(悩殺の上目遣いで思いっきりの熱視線を向けたつもりだったのに)

サキュバスの母やインキュバスの東雲ならば、視線一つで相手を一撃コロリなのだろう。実に羨ましい。

だが、天使の言葉は終わりではなかった。

「でも、鬼月は元々すごく綺麗な肌だろ？」

「えっ。ほんとですか？」

「あぁ。ニンニクみたいに白くて、艶があるぞ」

「た、例えが……！」

「極上の誉め言葉だぞ、ニンニクは。食べ物に例えられるのが不満か？　なら、ヒトで例えると凌悟と同じくらいの美肌だな！」

(ここに来て凌悟ですか！)

上げて落としてくるところが、さすが天然といったところか。

確かに白沢の肌は白くてきめ細かいため、横並びにしてもらえることは光栄かもしれない。だが、あの毒舌アヤカシ（しかも男性）を引き合いに出されることは、なんだか複雑な気分である。

そこで観月は「シェフと白沢さんって、仲良しなんですか？」と、疑問を滲ませて聞いてみた。

そういえば、二人の関係についてはほとんど何も知らされていなかった。名前で呼び合っているので、親しい友達なのだろうとは思っていたのだが。

「俺とあいつは、同じ大学だったんだ。卒業から五、六年は疎遠だったんだが、同窓会で久しぶりに会った時、飲食店を一緒にやらないかと誘ってくれてな」

「へぇ！　同級生の運命の再会ってやつですね」

「そうだな。形としては俺が雇われシェフだが、料理に関することは全部任せてくれるしな。良い友達だ」

観月が思わず、「ほんとに？」というような顔をしてしまったからだろう。天使は、「口も態度も悪いが、あれは照れ隠しだ」と笑いながら付け加える。

「アフォガードが大好物でさ。気に入った奴には、こだわりのアフォガードを作って振る舞う習性があるぞ」

「動物みたいに言ったら、白沢さんに怒られちゃいますよ」

白沢の意外な一面を知り、観月は堪えながらもクスクス笑いが出てしまう。次に会った時には、あの超絶上から目線の毒舌オーナーも可愛く見える気がする。

そして、もう一つ。

「シェフと白沢さん、仲が良いんですね。なんだか、嬉しくなりました」

その言葉の真意は、天使には分からないだろう。

観月は、ニンゲンとアヤカシの間に友情があることが嬉しかったのだ。

観月には、これまで生きてきて心を許したニンゲンの友達は一人もいない。ニンゲンに紛れて暮らしているが、やはり自分と彼らは違う生き物であり、彼らはアヤカシを敵視していると思っていたからだ。

けれど、父の教えが全て正しいわけではないことを知ってから――、いや、恋をしてから、観月の考え方は変わった。世の中には、天使のように純粋で優しいニンゲンもいるのだ。だから、ニンゲンと仲良くして友情を育んでもいいではないか。

そしてさらには、愛情を育んでもいいではないか！

（いつか、お父さんに分かってもらうんだ。私の彼氏はいいニンゲンだって）

あらやだワ。彼氏だなんて言っちゃった……！

と、観月が心の中でキャッキャしていると――。

「あのヒト、ハリウッド俳優みたいでかっこいいなぁ。この辺のヒトなんだろうか」

天使がぼそっと呟く。

「ハリウッド俳優？　めっちゃ見たいんですけど！」と、観月は天使の視線を追いかけたのだが、商店街を出た先の通りを歩いていたそのヒトは、めっちゃ会いたくない人物だった。

金髪に青いカラーコンタクト。彫りの深い顔立ちで、外国人体型。観月が最近プレゼントした紺のタータンチェック柄のベストを着ている。

（疑う余地なく父！）

観月はギョッとしながら、父ヴァンの姿を確認した。

おそらく、クリニックからの仕事帰り。今日は木曜日なので、午後の診療がないためだろう。帰宅の途につくのが一段と早い。まさか、この時間に遭遇しかけるとは思っていなかった。

父のことは好きだ。観月に対してとびきり甘い性格だし、夢を応援してくれる良き父親だ。

けれど、ニンゲン＋ニンニク＋恋という複雑案件となると話は別だ。ニンゲン嫌いの父が、大事にしている娘をニンゲンの、ましてやガーリックシェフになんて渡すわけがない。

父が酔った時に語っていた武勇伝――、ニンゲンとの争いの中で「嵐を操った」だとか、「大鴉《おおがらす》のアヤカシを手懐けた」だとか、そういった話が本当だとしたら、天使の命が非常に危ない。父は喋ると三枚目だが、アヤカシとしての力と実績は一級品なのだと母も惚気《のろけ》なしで褒めていたので、その信憑性は高い。

だから、今、父と天使を会わせるのはまずい。

（いつか会わせたいけど、今じゃない。っていうか、ニンニク料理専門店でアルバイトしてることも秘密なのに！）

観月は全身から冷や汗が噴き出るのを感じながら、通りの向こうの父が横断歩道を渡って来ようとしていることに気がつく。

（怒られる？　殺されるかも？　私じゃなくて、シェフが。いやいや、そんなのダメだってば！）

「シェフ！　こっちに伝説のニンニクが！」

天使が父に抹殺されることだけは阻止しなければ。

そう思った観月は、天使の手を強引に引きながら、人気のない細い路地へと方向転換して走り出した。

「伝説のニンニクだと？　どこだ？」

「こっちです。こっち！」

初めは戸惑っていた天使だったが、ニンニクと聞くと目の色が変わり、足取りが急激に軽やかになっている。観月が咄嗟《とっさ》についた嘘を一ミリも疑う様子がないため、逆にこちらが申し訳なくなってしまうが仕方がない。

そして、「あっちです」、「そっちです」と路地を駆け回り、ここまで来ればもう父に会うことはないだろうという距離まで来て、観月は「ふぅ」と足を止めた。

ヴァンパイアの観月の体力は無尽蔵に等しいが、ニンゲンの天使はそうはいかない。さすがの彼も息を切らしている様子である。

観月は、騙した上に散々走らせてしまったお詫《わ》びに近くのカフェで飲み物でもご馳走しようかなと、笑顔で天使を振り返り――。

「いっぱい走って疲れちゃいましたね。ちょっと、どこかで休みましょうか」

「えっ。休むって、その……。休憩か？」

天使が珍しく狼狽《うろた》え、視線を泳がせている。えらく挙動不審で、言葉尻ももにょもにょとはっきりしない。

どうしてだろう。変なシェフ……と、観月は首を傾げたまま、天使の視線を追いかける。

まずは、繋《つな》いだ手。観月は天使の手を掴んでいたつもりだったが、いつの間にか指が絡み合い、俗にいう恋人つなぎになっているではないか。

(ひゃぁぁっ。大きくてあったかくてキュン死ぬ！)

それだけならば良かった。問題は、その次。

天使が敢えて見ないようにしていたモノが分かり、観月は「ひゃえっ！」という奇声を発してしまった。

「ら、ラブなホテル」

観月の背後にそびえ立つお城のような建物は、恋人たちの休憩場所だった。桃色の看板や旗が目に飛び込んできて、時間単位の利用料金やルームサービスの食事に自信ありという情報が見て取れる。

こんな所にこんなホテルがあったなんて……と、呑気《のんき》なことを言っている場合ではない。男女が恋人つなぎでラブホテルの前に立ち、「休んでいく？」などという会話をしているのだ。これはいけない。誤解を招く。

「……鬼月。さすがに、ここには伝説のニンニクはないんじゃないか？」

（ひぃぃぃっ。めちゃくちゃ気を遣われている！）

ぼそぼそと遠慮がちに口を開く天使を見て、観月は悲鳴をあげそうになってしまった。ホテルに誘ったつもりは毛頭なかったが、これではまるで観月が肉食系女子のようではないか。吸血系女子なのに。

「違うんです！　誤解です！　偶然、たまたま、奇跡的にここに辿《たど》り着いちゃっただけなんです！」

「そ、そうだよな！　そんなわけないよな！」

天使の手を大慌てで離し、必死に弁明する観月。明らかに調子が狂った様子で、ぎこちなく笑う天使。

(気まずい！　気まずすぎる！)

そんな二人の真横をホテルから出て来た若い男女カップルが、つやつやと満足そうな表情で通り過ぎていく。観月も天使もつい彼らを目で追ってしまい、いっそうおかしな空気が流れる。

「あの、あの……っ」

「勘違いしてごめんな、鬼月。こういう場所は彼氏と来るんだぞ」

「彼氏はいません……」

観月は、天使からのアウトオブ眼中宣告にしょんぼりせずにはいられなかった。

私はあなたの彼女になりたいのに、と。

そんな観月の気持ちはつゆ知らず。天使は「すまん！　セクハラだっただろうか？」と、観月の落ち込んだ顔を見て慌てた様子である。

(もう！　ヒトの気も知らないで)

「オーナーに報告しちゃいますよ！　シェフが恋愛事情に口を出してきたって」

「凌悟に言うのは勘弁してくれ」

観月のツンに戸惑う天使が可愛くてたまらない。この困り顔、盗撮したい。

そしてどさくさに紛れて、観月は「じゃあ、シェフに彼女はいるんですか？」と、前々から聞きたくてたまらなかった質問を口にした。

いないと言ってくれ……と、心の中で呪いレベルで念じていると――。

「いるぞ！」

ドヤ顔で頷く天使に観月はハッとした。

（このドヤ顔は――）

「俺の恋人は、ニンニクだ！」

（だと思った！）

ほっとしたような、呆れたような気持ちで観月は笑った。

（すごく失礼だと思うけど、ニンニク一筋っぽいから、彼女はいないんじゃないかと思ってたんだよね）

どうやら、恋のライバルはニンニクらしい。ヴァンパイアの敵としては不足なしだ。

（覚悟しとけ！　天敵《ニンニク》め！）

そして、天使に「鬼月。買い物の続き、行くぞ」と声をかけられ、観月は我に返った。

拝啓

サキュバスの母上様。私に誘惑スキルがあれば、今日の展開は変わっていたのでしょうか。考えても仕方がないので、天敵に負けないよう前向きに女を磨こうと思います。

敬具

翌日のランチタイムは、白沢の意向で深雪のために貸し切りとなった。理由は雪女である彼女（彼）の影響で店内が極寒になり、他のお客が寒い思いをしないようにするため。そして深雪自身に後ろめたい思いをさせないためだ。無論、深雪のことをアヤカシだと知らない天使には秘密である。

「まぁ、今日だけだよ。次からは、貸し切りにしなくてもいいだろうから」

そう意味深な言葉を放つ白沢は、ちゃっかりと厚手のスーツを身に着けている。

考えなしに半袖で出勤してしまった観月としては、「ずるい」の一言に尽きる。

「深雪さん。今日は昨日よりも冷えてますね」と深雪に話しかけるが、ふわ〜っと白い息が店内に漂っている。とにかく寒い。

「ごめんなさいね。アタシの冷え性がなんとかなるのかもって思ったら、テンションが上がっちゃって」

雪女のテンションと温度は反比例する。なるほど、覚えましたと、観月は震えを我慢して頷いてみせた。

そして、どうか深雪さんの冷え性が治りますようにと胸の中で祈る。

(ヴァンパイアの私でも食べれるニンニク料理なんだ。きっと、雪女だって――)

ふわり。

香辛料の刺激的な香りが、カウンター席に届く。

昨日、天使と買いに行ったスパイス――ターメリック、フィネグリーク、ガラムマサラ、唐辛子、ココナッツミルクが複雑で魅惑的な香りを放っているのだ。そして、何より――。

（あぁ。いい香り。お腹が空いちゃう）

観月がうっとりとした視線を向けた先には、少しだけ底の深いお皿を持った天使の姿があった。

「あいがけガーリックカレー。お待ちどうさま」

ニンニクのかけらがごろごろと入ったカレーライスである。ご飯の右に濃い茶色のルゥ、左に黄色味が強いルゥがかけられており、隅には彩りのよい野菜のピクルスが添えられている。

「あら。とっても美味しそうだわ。あいがけなんて、欲張りなカレーね」

ウキウキとした様子でスプーンを手に取る深雪。

そんな彼女（彼）を見守りながら、天使は自信満々に語り出す。

「ニンニクに含まれるアリシンという成分は、ビタミンB1と結びついて代謝を良くしてくれるんだ。つまり、糖がエネルギーになりやすくなる。それだけじゃないぞ。アリシンには血管拡張作用もあるから、さらに体温が上がる。手足がポカポカになり、冷え性が解消されるというわけだ。ちなみに右は欧風カレーで、左はインドカレーだ。今回肉は使っていないが、主役のニンニクの存在感をとくと味わってほしい。それから……」

（なっが！）

安定のニンニクオタク、天使聖司である。

私は慣れてるけど、深雪さんは大丈夫かなと、観月は心配して彼女（彼）を見やる。だが、その心配は無用だった。

「美味しい……。美味しいわ！」

と、深雪は天使の話そっちのけでカレーを食べ進めていた。熱いのは苦手らしく、一生懸命にカレーをふぅふぅと冷ましながらも、食べるペースはなかなか早い。

そして、なんと彼女（彼）は額に汗を滲ませているではないか。

（雪女にも汗腺《かんせん》があるの？　うぅん。これは、シェフのガーリックカレーミラクルじゃない？）

初めは気のせいかと思ったのだが、ミラクルは本物だった。深雪がカレーを食べ進めると共に、周囲の温度がどんどん上昇しているのだ。白い息は出ない。奥歯もガタガタ鳴らない。白沢もスーツのジャケットを脱いでいる。

「深雪さん！　もしかして」

「もしかするわよ！　アタシ、全身ぽっかぽかだわ！」

ちょうどカレーを食べ終えた深雪は、満面の笑みで観月の手を取った。昨日のように痛いくらい冷えた手ではない。血の巡った温かい手だった。

「すごくあったかいです！」

「よね！　お顔を触ってもいい？　いいかしら？」

深雪はテンションが上がっているようだったが、頬を触れられても冷たさはまったく感じられない。この手でエステをしてもらったら、きっと気持ちいいに違いないと観月は想像してにっこりだ。

「すごいわ、天使シェフ。アタシ、なんてお礼を言ったらいいか」

「すごいのは俺じゃない。ニンニクだ」

大喜びの深雪の誉め言葉に頷かない天使だが、彼以外の者は「いや。すごいから」と心の中でつっこんでいた。なぜなら、強力な力を持った雪女をポカポカにしてしまったのだから。

「ニンニク油を作ったから、良かったら持って帰ってくれ。そのまま飲んでもいいし、料理にかけてもいいし。毎日摂取したら、もっと効果が出るはずだ」

深雪にニンニク油の入った瓶をプレゼントしている天使は、とても楽しそうだった。

彼はニンニク料理で、お客を元気に、パワフルに、エネルギッシュにしたいと願っているのだ。楽しくないわけがないだろう。

「この笑顔、守りたい」

「うるさいよ」

しょうもないことを言うなと言わんばかりに、白沢が観月の靴の踵《かかと》をコツンと蹴った。そして、言いたくなさそうに付け加える。

「聖司があれほどの料理を作ることができたのは、君の影響があるかもしれない。本人は気づいていなくても、アヤカシとの関わりは聖司を変えるから」

(ニンゲンって、そういう生き物なの？　ニンゲン、奥深し)

観月は理解したようなしていないような気持ちになりながら、ふと先ほどのあいがけカレーを思い出す。

「悔しいですけど、私だけじゃないですよ。シェフは白沢さんのことも好きみたいですし。例えて言うなら、愛と友情のあいがけカレーですね！」

白ご飯の天使を挟むカレーの観月と白沢をイメージしての発言だったのだが、白沢にはあっさりと「は？　何言ってんの」と一蹴されてしまった。まことに冷たい。

白沢が観月にアフォガードをご馳走してくれる日は、まだまだ遠そうである。

🎀　🎀　🎀

数週間後の【ガーリックキッチン彩花】。そこには、慌ただしく来店した深雪の姿があった。

「せわしくってごめんなさいね。どうしても食べたくなっちゃって」

「お仕事、お忙しいんですね。深雪さん」

観月が入り口まで駆け寄ると、深雪は「おかげさまで」と微笑んだ。

エステサロンが軌道に乗り出したらしく、深雪は予約の合間を縫って店に来てくれている。たまにイートイン、たまにテイクアウト、そしてたまにニンニク油を買っていく。どうやら、今日はエスカベーシュサンドを買いに来たらしい。

「いつか、私もサロンに行かせてください」と、観月がサンドイッチを包みながら言うと――。

「もちろんよ。予約枠を無理矢理作るから、いつでも来てちょうだいね。メンズも大歓迎よ！」

バチコォォンッ。

さすがは雪女深雪。元の名を北風寒太郎。

強烈な冷気を纏ったウインクが放たれ、観月が紙一重でかわし、白沢が余裕でかわし、天使が偶然フライパンではじき返し、最後は観月の背中に命中したのだった。

店内に観月の絶叫が響き渡り、白沢が散々笑いまくったというのはその後の話。

第四章　レモンスカッシュと魔女猫マダム

「ねぇ、お父さん。美味しそうな血の香りのニンゲンって、出会ったことある？」

【ガーリックキッチン彩花】でアルバイトを始めて数週間が経った頃、観月は朝食の席で父ヴァンに尋ねた。

もちろん、シェフの天使のことである。時間が経てば彼の美味しそうな血の匂いに慣れるのではないかと思いもしたが、結局そんなことはなく、観月は店に行くたびに悶えていた。

そしてついに今朝から吸血衝動期がやってきてしまい、我ながら危険かもしれないと不安になっているところだった。

「えっと、手術とかで噴き出してるナマ血液の匂いじゃなくて、溢れ出るフェロモン的なやつ」

「……ワシは健康的な顔で選んでたわ。活きのいいニンゲンだと、血が旨いから」

「顔で選んで、どうやって吸わせてもらうの？」

「ニンゲンのフリをして、魅惑のフレーバー女子に近づいて……。ダメダメ！　これ以上は娘には言えないわ！」

母特製のおにぎりをもっしゃもっしゃと頬張りながら、父は「でも昔過ぎて記憶が白黒だ」と、何とも言えない表情を浮かべていた。

五百年以上も生きていたら、そういう経験をしていてもおかしくはない。今でこそ、国連がニンゲンへの加害行動を禁じているが、昔のヴァンパイアは当たり前のようにニンゲンに対して吸血行為をはたらいていたのだ。十八年しか生きていない観月と比べたら、父は何かと経験豊富なはずだ。

「それって、好きな人……とは違ったの？」

「ニンゲンを好きになるわけなかろうもん！　ただのドリンクバーだってば」

「言い方ひどすぎる」

お父さんに聞いた私がバカだった……と、観月はげんなりしながらおにぎりを飲み込む。

（私はお父さんとは違う……。私の十パーセントはサキュバスだし、ニンニクも少し食べれるし。だからシェフのこと、ドリンクバーだなんて思わないもん！　好きになったって、おかしくないもん……！）

「そういえば、血を吸われたニンゲンってどうなるの？」

干物みたいになってしまうのだろうか？　と、観月は怖いもの聞きたさで尋ねる。

すると、父はとびきりのキメ顔と低音ヴォイスの準備をし、

「めっちゃよがる」

と、朝からとんでもない一言を放った。

「キモい。二人で何話してんだよ」

口を挟んできたのは、今日もおにぎりをラップに包んでいる双子の弟東雲だった。

ドン引きの冷ややかな視線を向けてきて、そそくさと立ち去ろうとしている。

「待って！　東雲、誤解だってばーっ！」

「そうだぞ、東雲！　一般論、一般論だ！」

「経験談だろ。イマドキ血なんて吸えないんだから、しょうもない話するなよ」

父、ぐぅの音も出ず。「昔の東雲は可愛かったのに」と、ため息をつく。

それに関しては観月も同意見なのだが、原因は姉の自分が不甲斐ないせいだと結論付けていた。

（子どもの頃は私の後ろをくっついて離れなかったけど、私がバカだったから東雲がしっかりするしかなかったんだろうなぁ。だからきっと、あんなふうにヒトにも自分にも厳しい性格に……）

かつては、東雲は観月にべったりだったのだ。「お姉ちゃんと一緒がいい」が口癖の甘えたさん。だが、徐々にツン度が増していき、中学卒業前のある日を境にツン百パーセントになってしまったのだ。今では、目も合わせてくれない。

観月が父以上に深いため息を吐き出していると、ふと父が「そういえば観月ちゃん、なんでこの話題？　もしかして、バイト先にそんなニンゲンが？」と、核心を突く発言を繰り出してきた。まずい、無視だ。

「さ〜て、爪切って、八重歯削らなきゃ〜」

「ちょ、聞いといてひどくない？　ワシの子どもたち冷たい！」

🎀　🎀　🎀

「んんっ……。鬼月、もっと……。もっとだ……！　焦らさないでくれ……っ！」

顔を赤らめ恍惚《こうこつ》とした表情でうめく天使の声を聴きながら、観月は心臓が飛び出そうになるのを押さえて、彼の逞しい肩に触れた。体温と体温が触れ合い、熱を直に感じる。これ以上は自分がどうにかなってしまいそうだが、もう止めることはできない。

「シェフ……。いきますよ……っ」

「あぁ、頼む……。好きにしてくれ！」

「はい！」

グイーーーッ！

観月の鋭い八重歯——ではなく、肘が天使の肩をぐいぐいと押圧していた。体重を肘に乗せ、グイグイグイとツボを刺激してやると、天使は「うう〜、効いているぅぅ〜！」と痛気持ちいい悲鳴をあげるので、観月も楽しくてやめられない。

（もしや、吸血行為ってこんな感じなのでは？）

そんな想像をしてしまい、さらにテンションが上がり、吸ってみたいなと悶々《もんもん》とする。

「次はどこにします？　腰ですか？　背中ですか？」

「んん～～！　こ、腰だ！　料理は腰にくるから……、くぅぅ～っ」

「ちょっと、そこのバカ二人。営業時間中なんですけど？」

健全なマッサージタイムを邪魔してきたのは、ドン引きの表情をした白沢だ。銀行に行くと言って出かけていたのだが、早々に用事は済んだらしい。

「まったく。外まで変な声が聞こえていたよ。せっかく増えたお客が減ったら、君たちのせいだからね」

「す、すまん……。なんだか肩が重くてな。鬼月にマッサージをしてもらっていたんだ」

「肩？　あぁ、いつもの？」

白沢は申し訳なさそうに笑う天使の肩をじぃっと見つめると、「良くなったみたいだね」と、今度は観月をチラリと見やった。

どうやら、よくあることらしい。

観月が天使の肩をマッサージしていたのは、単に彼に触りたいという欲求だけではない。天使の肩に群がってのしかかっていたアヤカシを追い払うためだったのだ。

出勤時に天使を見た際は、「うわ、ダサい」と、てっきり彼がもふもふの獣毛マフラーを巻いているのかと思ったのだが、この暑い季節にそんなものを首に巻き付けるニンゲンなどいるはずがないし、当の本人にはまったく見えていなかった。

天使がどこでそれを拾ってしまったのかは分からないが、マフラーの正体は風斬りの妖怪カマイタチ。カマイタチは獣型のアヤカシで言葉は話さないのだが、「これはアタシのものよ」と言わんばかりのドヤ顔で天使の首をべろべろと舐め回していたので、観月のエルボー攻撃が炸裂《さくれつ》した次第である。

「白沢さん。シェフって、不可視タイプのアヤカシから好かれちゃうんですか？」

気になった観月は、こっそりと白沢に尋ねた。

目に見えない霊や怪異といったアヤカシは、他者に危害を加えようとする者も多いため、気をつけなければならない……と、観月は父から教わっていたのだ。たまに耳にする神隠しや取り憑きなんかも、その一つ。想像すると、天使がとても心配だ。

だが、白沢は「別に、不可視型だけじゃないよ」と淡白に答えただけだった。

(ん？　それって、どういう意味？)

観月はそう尋ねようとしたが、その時、入り口の戸がガラガラー……と開かれた音が店内に響いた。

「こんにちは〜〜」

ゆる〜い関西弁の挨拶で現れたのは、琥珀色の三角耳と大きなふわふわの尻尾の生えた浴衣姿のおじさん妖狐。失礼ながら、観月は「またあんたか！」と思ってしまう。

「伏見《ふしみ》さん、いらっしゃいませ」

「鬼月ちゃん、今『またあんたか』て思たやろ？　あかんよ、お客様は神様やろぉ？」

（狐じゃん。ってか心読むな！）

彼は、妖狐に仕事を斡旋《あっせん》する団体【灯籠組】の組頭。ニンゲン名は、伏見稲荷《いなり》。如何にも狐ですといった、ふざけた名前をしたおじさん妖狐である。

本人いわく、「みんな京都と狐の組み合わせ好きやんか」と、誰のためか分からない理由で国連に申請した名前らしい。ちなみに地元はここ東京の彩花市なので、彼の話し言葉はビジネス京都弁だ。

そして観月が怪訝《けげん》な気持ちになってしまったのは、伏見率いる【灯籠組】こそが、この店に〝ミラクル神隠し結界札〟を貼り付け、営業妨害をしていたからだ。お詫びのつもりか知らないが、くだんの件の解決後、なぜか彼はほぼ毎日店で飲み食いしており、観月としては「どの面下げて来てるんだ」という気持ちなのである。

「伏見さん、いらっしゃい。飯？　つまみ？」

何も知らない天使は、笑顔で伏見を歓迎している。

伏見は国連のアイテム課から購入した〝ウルトラ透明ワックス〟で、ニンゲンから耳と尻尾が見えないようにしているため、天使が不審に思うはずがなかった。まぁ、毎日真っ昼間から飲んだくれるおじさんは十分怪しいのだが。

「ん～、今日は飯。酒も飲むけど。あと、おっさんだけちゃうねん。今日は、ここに来てみたい～って言わはった友達連れて来てん」

「友達？」

また妖狐じゃないだろうな、と観月は思わず身構える。

だが、伏見の大きな尻尾の陰から現れたのは、思わずマダムと呼びたくなるような上品な女性。葡萄色のマーメイドラインのスカートスーツを着た黒髪のアヤカシだった。伝説のサキュバスと恐れられ、見た目年齢が三十歳でストップした母とは異なり、年齢を重ねた大人の美しさを磨き上げているような印象だ。

そして何より、観月が心惹《ひ》かれたのは彼女の服装だった。

「そのお洋服、素敵です……！　肩口のタックとロングカフスのバランスが綺麗だし、マーメイドラインのメリハリがかっこいいです！　それに鈴の付いたチョーカーが、すっごく可愛いです！」

「うふふ。自分でデザインしたんだけど、ハイウエストスーツだから、脚も長く見えるのよ」

マダムは冗談めかしていたが、それはマダムの脚が長いからだと言いたい。

「デザイナーさんなんですか！」

「昔のことよ。今は、関連の仕事をしているわ」

デザイナーだったというだけでも、十分羨ましくて魅力的だ。熱くなる気持ちが抑えきれず、観月は瞳をキラキラさせてマダムを見つめた。

「まさか伏見さんのご友人に、こんな素敵な方がいらっしゃるなんて」

「それ、おっさんに失礼やない？」

「ふふ。貴女、お洋服が好きなのね。面白いわ。……店長さん、お食事に彼女をお誘いしてもいいかしら？」

「おぉ〜、ええやないの。一緒に飯食お、鬼月ちゃん」

突然マダムから食事に誘われ、ついでに伏見からも歓迎されてしまい、観月は「どうしよう」と戸惑いながら白沢の判断を待った。

「いいよ。トクベツに僕が給仕してあげる。伏見はともかく、そちらのお客様に失礼のないようにね」

白沢の伏見への無礼さも大概である。

「わぁ！　ありがとうございます！」

なんて光栄なのだろうと観月はウキウキしながら、チリンと鳴ったマダムの鈴の音と黒く長い猫の尻尾を追いかけた。

後ろから「マーメイドラグーンのスーツって何なんだ？」という天使の声が聞こえたが、それは後で教えてあげることにする。

テーブル席に腰を落ち着けた伏見は、マダムのことをミャーコさんと呼んだ。

「ミャーコさん、って名前で紹介してええんかな？」

「ええ。観月さんもそう呼んでちょうだい。魔女猫のアヤカシなの。宜しくね」

「えぇ～、化け猫の間違いちゃいます？」

「化け狐と一緒にしないでくださるかしら」

ミャーコさんはツンとした態度で伏見をあしらうと、赤ワインをコクリと喉に流し込む。するとワインの味が気に入ったのか、黒い猫耳が嬉しそうにピクリと跳ねる。さらに、本日のランチのメインディッシュ――パテ・メゾンを上品にナイフで切り分けて口にすると、今度は尻尾が反応している。なんだか可愛い。

「美味しいわね、このパテ」

「お肉とニンニクの風味が濃厚で、ワインによく合いますよね！　私はお酒が飲めないですけど」

「ええやん、飲んでも。ほんまは未成年とちゃうんやろ？」

「私、マジもんの十八歳なんで、ダメですよ！」

「あら、若いのね」

ミャーコさんも伏見と同じく、観月のことを外見年齢よりも上だと思っていたらしい。それは別に、言動や見た目が大人っぽく見えたという理由ではない。というか、見えていないだろう。

「私は魔女猫になって六百年くらいかしら。実はおばあさんなの」

「おっさんは、ほんまはイケメンやけど、組頭の威厳のために変化《へんげ》してんねや。中身は元気な三百歳やで」

アヤカシに歴史あり。観月の両親もそうだが、アヤカシはご長寿な上に老いるスピードはヒトそれぞれだ。また、伏見のように術で見た目を変えている者もおり、一見しただけでは相手の年齢は分からない。

「お二人とも、人生の大先輩ですね。私なんか赤ん坊みたいなものかも」

「おっさんらもまだまだやで。君んとこのオーナーなんて、紀元前から生きとる化石やし」

「誰が、化石だって？」

かなり小声で話していたはずなのに、白沢にはバッチリと聞こえていたらしい。

白沢はムッとした表情でバゲットのおかわりを皿によそうと、「年寄扱いしないでくれるかな」と伏見を睨む。

「いや、でもかなりご長寿……」

「鬼月さん？　僕の機嫌次第で、聖司に君の秘密を暴露できることを覚えておいてね」

「ぱ、パワハラだ……！」

伏見と共に縮こまる観月。

まだ愛しの天使には、ヴァンパイアであるということを知られたくないのだ。もし知られてしまったら、仲を深める前に怖がられてしまうかもしれない。

するとそんな観月を見て、ミャーコさんは「まぁ、やっぱり」と、口元を細い指で覆いながら納得した声を出した。

「何が、やっぱりなんですか？」

「貴女も彼目当てで来たのね……、と思って」

「えっ？」

(貴女、も？　彼目当て？)

意味が理解できずに観月がきょとんとしていると、逆にミャーコさんが驚いた顔を向けてくる。

「お名前、何だったかしら。あまつか、君？　観月さんも、彼に惹かれてここに来たんでしょう？」

「やっ、やだなぁ！　ミャーコさんってば、恥ずかしいじゃないですか！　そりゃ、シェフはめちゃくちゃ私のタイプですけど、白沢さんや伏見さんの前で、そんなそんな……！」

「あら、照れなくていいのよ。私や伏見さん、それに店長さんも同じだもの」

キャーッと真っ赤になっていた観月だったが、ミャーコさんの言葉にあっという間にテンションと体温が急降下した。非常に聞き捨てならない台詞を聞いてしまった。

「ミャーコさんと伏見さんと白沢さんまで？」

「声でかいわ、鬼月ちゃん」

思わず叫んでしまった観月を伏見がたしなめる。だが観月は、そんな伏見に「落ち着いてられませんよ！」と言い返す。

「美人マダムのミャーコさんだけじゃなくて、まさかの伏見おじさんと白沢さんルートまであるなんて……！　不覚にも、ＢＬエンドを想像して盛り上がってしまった自分が悔しい……！」

ぐぬぬ……と唸る観月。

話の内容はまったく聞こえていないようで、「楽しそうだな～」と微笑んでこちらを見ている天使が、いっそう尊い。飛びつきたい。

「ちょっと、君。変な想像をするのは、やめてくれないかな」

「え、でも白沢さん……。愛ゆえにシェフを独占したいから、いつも私に意地悪な態度を取るのでは？」

「僕は、誰にでも意地悪だよ」

立ち話にしておく話題ではないと判断したのか、白沢は舌打ちをしながら余っている椅子にドガっと座った。しかも、グラスにとくとくとワインを注ぎ、自分もワインを呷《あお》っている。

「お酒の勢いを借りないと話せないなんて、いよいよ本気の愛……」

「だから違う。まったく君って子は」

白沢は心底呆れた声と視線を観月に飛ばすと、今度はミャーコさんの方を向いた。

「お客さんのおかげで、この阿呆がいつもの百倍面倒臭いことになっているんですけど」

「あら、そうなのかしら。私は面白いわ」

くすくすと上品に笑うミャーコさんは、ミートパテをバゲットに乗せて小さくひと口かじると「美味しい。フランスを思い出すわ」と、懐かしそうに味わっていた。

そしてそれを飲み込み、再び話し出す。

「ねぇ。観月さんは、彼から何か特別なものを感じていないかしら？」

「……美味しそうな血の香りがしました」

「そう。それはきっと、血ではなくて彼の魂の香りよ」

「魂の香り？」

何だそれ、と笑い飛ばすことはできなかった。妖力や魔力にも香りがあるのだ。ニンゲンの魂にも香りがあっても不思議ではない。

「本当に稀にしかないことなのだけど、私たちアヤカシは、本能的に強くニンゲンの魂に惹かれることがあるの。特別なニンゲンにね。無意識にそのニンゲンに吸い寄せられ、そばにいて、最期には魂を手に入れる……。そんな欲求に駆られてしまうのよ」

「本能的に魂に惹かれる？　魂を手に入れる？　えっ？　そんな、獣の捕食みたいなことあります？」

観月は半笑いでミャーコさんを見つめ返し、伏見を見て、白沢を見た。だが、三人とも笑ってはいなかった。

「おっさんらの【灯籠組】が、天使君欲しいんも同じ理由やで。ほんまにええ魂なんやもん」

伏見は「ですよね、ミャーコさん」と同意を求め、ミャーコさんも否定をしない。

白沢はというと、「聖司に目を付けた理由はソレだね」と、魂に惹かれたことを公言した。

（嘘でしょ？　白沢さんまで、シェフの魂を狙ってるの？）

観月は血の気がサァーッと引いていくのを感じ、パテとバゲットのおかわりをする気分も吹き飛んでしまった。

そして、ミャーコさんが言わんとすることに気づく。

「私も、同じだって言いたいんですか……？」

「怖い顔よ、観月さん。貴女は、彼のどこを好きになったのかしら？　血の香りではなくて？　それは魂に惹かれたというのと、何が違うのかしら？」

「初めは良い香りに惹かれたけど、でもそれだけじゃ……」

「……それ以上入れ込むと苦しい思いをするわよ。その感情を恋だと錯覚しているのなら、早く本能だと認めた方がいいわ」

バッサリと切り捨てようとするミャーコさん。だが、観月だってそう簡単に引き下がるわけにはいかない。

「錯覚じゃないです！　アヤカシの本能なんかじゃないです！」

「なら、貴女は彼とどうなりたいの？　アヤカシである貴女が、ニンゲンの彼と結ばれたいの？　見た目も寿命も何もかもが異なるアヤカシが、ニンゲンに寄り添えると言うの？」

「私は……！」

「鬼月さん、そろそろ仕事に戻ろうか。お皿下げて、洗ってきて」

ヒートアップしてきた観月とミャーコさんの間に割って入るようにして、白沢が口を挟んだ。

そこで観月はお客であるミャーコさんに失礼な態度を取ってしまったことに気がつき、「申し訳ありませんでした」と肩を落としたままテーブルを離れたのだった。

特典
書き下ろし
ショートストーリー

開店前の二人の秘密

「髪、ぐしゃぐしゃだぞ。直そうか？」

天使の突然の申し出に、観月は「えっ」と驚いて目を見開いた。

開店に遅れまいと走って来た観月の髪は確かに乱れているが、ただでさえファッションや美容に疎い天使だ。フリルのことを「フリフリ」と呼び、インナーカラーを「ウインナーのカラー」だと勘違いする彼が、まさかヘアアレンジができるというのか。いや、信じられない。

だがしかし。

「お願いします！」

天使の気持ちが嬉しく、観月は素直にお願いした。この際髪が綺麗に直らなくても、彼なりにやってくれたらそれでいい。

観月が椅子に腰かけると、天使は静かに観月の髪に触れた。

「観月の髪って綺麗だよな。蜂蜜みたいな色で」

天使は食べ物で例えることが好きらしい。以前、観月の瞳をトマト色と言い、肌をニンニクのように白いと言っていた。さすがは料理人といったところか。

「ふふふ。私、食べ物でできてるみたいですね」

「あぁ。食べてしまいたくなるな」

ずぎゅん！

分かっている。天使の言葉には、深い意味もエロい意味もない。とりあえず脳内に録音だ。

そして天使の指がスッと観月の髪を梳かしてすくうのだが、その刺激で観月は思わず声を出しそうになってしまう。うなじや耳に触れるか触れないかという絶妙な接触がこそばゆい。少し、気持ちいい感じもする。あぁ、このままなし崩しに何か起こらないかなという願望を込めて、「シェフ……」と観月が甘い声色と共に後ろを振り返ると——。

「上出来だ！」

天使、ドヤ顔全開。観月のセックスアピール、案の定微塵も届かず。

観月はやれやれと肩を落としつつも、天使が直してくれたという髪に触れて驚いた。観月の髪は、ほどよい緩さの可愛らしい三つ編みになっていたのだ。

「すご！　ありがとうございます！」

「密かに練習したからな。喜んでくれて良かった」

（シェフ、私のために秘密の練習を？）

けれど、そのときめきは一瞬だった。彼は、満足げに壁のガーリックブレイドを見つめていたのだ。

「もしや、ガリブレの……？」

「あぁ。編むのが難しくてな。凌悟に散々馬鹿にされたんだ」

（ですよね！）

観月がガリブレの技術で編まれたのか……と、ちょっぴり落ち込んでいると——。

「観月は可愛いから、どんな髪型も似合うな」

観月のおくれ毛を手直しする天使の言葉の破壊力たるや。

「私、いつでも練習台になります！」

「ありがとう。内緒で付き合ってくれ」

二回目のずぎゅん！

そんな二人の開店前のひと時だった。

Petir novels 『ヴァンパイア娘、ガーリックシェフに恋をする！ 1』著：ゆちば　イラスト：天領寺セナ　キャラクター原案：今市阿寒

🎀🎀🎀

結局、その日は一日中モヤモヤとしたままでアルバイトを終えた。おかげで疲れ方が尋常ではなく、帰り道の今でさえも足が鉛のように重い。そして、心もモヤモヤとして晴れない。

自分は、シェフの魂に惹かれているだけなのか？　本当は、恋愛感情など存在しないのか？

観月は天使の首に巻きついていたカマイタチを思い出し、自分もアレと一緒なのだろうかと不安で落ち着かなくなってしまう。

天使のことを大好きだと思っていたこの気持ちは、偽物なのか？

彼の魂が欲しいだけの本能を正当化するために、無意識に後付けした理由に過ぎないのだろうか？

割り切ってしまった方が楽なのか？

自問自答を繰り返すが、悩ましいことに「シェフとどうなりたいのか」が見えて来ず、観月の胸はどんどん重苦しくなってきた。

(シェフにヴァンパイアってことを隠してる私が、一番否定してるんじゃない？『アヤカシとニンゲンの恋』を)

観月はディナータイムに再び現れた伏見との会話を思い出し、ため息をつく。

伏見はふさふさの尻尾をしゅんと垂らし、チビチビと焼きニンニクをつまみながら、観月に昔の話をしてくれたのだ。

「昼間は堪忍な。ミャーコさんもおっさんも、昔ニンゲンに入れ込んでしもて、まぁまぁつらい目ぇにおうてな」

「つらい目？」

「おっさんの場合は、一目惚れしたニンゲンの女の子がおってな。貧乏な父子家庭の子ぉやった。でも、魂はキッラキラ。父親に『金回りを助けるから、娘が十六歳になったら嫁にくれ』いう約束して、有言実行すること十年」

「伏見さん、六歳の女の子に惚れたんですか？　ロリコン怖い」

「光源氏やってロリコンやん」

「それとこれとは」

観月に引かれつつも、伏見は懐かしそうに当時の話を続けた。どうやら江戸時代頃の話らしく、その時の伏見も若かったらしい。

「でもなぁ、土壇場で婚約破棄されてん。おっさん、悪役令嬢に転生したわけでもないのに、かわいそやない？」

「そのわけの分からない例えはいいんで……。つまり、恩を受けておきながら、狐との結婚に尻込みした父娘に裏切られた、ってことですか？」

「察しがええねぇ。そやねん。おっさん、そこのオヤジに『化け狐に娘はやらん！』って、追い返されて塩撒《ま》かれてん。娘に一目も会わしてくれへんかった」

「……私だったら悔しいです」

「ありがとぉな。でもな、おっさんも悪い。魂に惚れただけやのに、婚約ゆうて舞い上がってしもて。なんも見えてへんかった」

伏見は茶化し気味に笑ったが、観月には彼が悲しそうな目をしているように見えた。伏見がその少女に惚れ込み、彼女との結婚を真剣に考えていたことや、ニンゲンに裏切られた悲しみが滲んでいるのでは――、と。

（伏見さん……。好きになったのは、本当に魂だけだったの？）

「ニンゲンの気持ちも分かる。だって、怖いに決まっとぉやん。見た目も力も、理解の範疇《はんちゅう》超えとるし。……あの時のオヤジの目ぇ見て、よう分かってん。アヤカシとニンゲンが分かり合うことは、一生できひんて」

「…………」

「鬼月ちゃんも、天使君にヴァンパイアいうこと隠しとるやん。それって、バレたら嫌われる思てるからやろ？　そやったら、やっぱりキミもアヤカシとニンゲンが好き合うなんてありえへんって、思てるねんて」

アヤカシがニンゲンを襲っていた時代、ニンゲンがアヤカシを迫害していた歴史、畏《おそ》れ、憎悪、失望……。それらすべてが壁となり、両種族を厚く隔て、越えることなどできないし、越えようとする必要などない。ニンゲンを魂として見れば楽になる……、伏見はそう言いたげに見えた。

（重たいな。心も身体も、全部重たい）

伏見の話やミャーコさんの言葉、白沢の表情を思い出すが、考えても考えても答えは出ないのだった。

🎀🎀🎀

翌日は【ガーリックキッチン彩花】の定休日だったので、観月は新しい服を作るための素材を買いに、商店街の布屋を訪れていた。

だが、ウキウキと楽しいはずの買い物も、今日に限ってはそうとは言い難かった。

(心身共に具合が悪いわけですよ……。吸血衝動期のせいで貧血だし、喉は渇くし、おまけに恋愛迷子だし)

なぜ吸血衝動期になると貧血になるのか。自分の血液はどこへ消えているのか？

ヴァンパイアの大先輩で医者の父に訊いても疑問は解決しないまま、はや十八年。

観月は吸血衝動期には国連産のサプリメントで栄養を補い、タンブラーに気休めのトマトジュースを入れて持ち歩くのだが、それでも不安は拭えない。

「昨日、アヤカシの本能の話とか聞いちゃったせいだ……」

アヤカシが本能で魂に惹かれるのなら、観月がヴァンパイアの本能でニンゲン──天使に襲いかかり、血を吸ってしまう可能性だって十分にあるのではないかと嫌な想像をしてしまうのだ。

観月自身は、本能説を認めたくない。だが、否定ができないことに対して鬱屈《うっくつ》とした想いを抱かずにはいられない。

(今までニンゲンとの関わり方を真面目に考えてこなかった、私がバカなのかなぁ〜)

「はぁぁぁ〜……」

「でかいため息だな。悩み事か?」

「へ? えぇーっ!」

布のロールを抱えて盛大なため息をついていた観月の目の前に、突然愛しの天使が現れたのである。彼のことを考えすぎて見えてしまった幻覚ではない。生身の天使だ。

「シェフ、なんでここにっ?」

「買い物帰りだったんだが、鬼月が見えたから」

「わ、私に会いに?」

「いや。なんだか、うねうね動いてて気になった」

(うねうね! それはあなたのことで悩んでいた動きだと思います!)

「服作りの布を買うのか？　次はどんなやつ？」

「も、もしかして、ゴシックファッションに興味が？」

「いや、それはよく分からないんだが、鬼月が作る物だから気になる」

天使の何気ない言葉に、観月の胸はぴょこんと跳ねる。

おそらく当の天使は、本当に何の気もないのだろう。だが、「シースルーってなんだ？」、「ハイウエストって、どんなくらいハイなんだ？」、「ニーソとニーハイは違うのか？」などと、分からないながらも一つ一つ興味を持って質問してくれることが嬉しく、観月は自然と笑顔になっていく。

そして、胸がまた跳ねる。

ぴょん、ぴょん、ぴょぴょぴょぴょぴょドドドドドドォォォォォ！

(んんっ？　んぐぐぅっ？)

徐々に動機が激しくなり、息苦しくなってきた。手が震え、めまいがし、強烈に喉が渇く。

(血、足りない……)

「あ、や、やば……」

「鬼月？　どうした、顔色がおかしいぞ！」

（言い方……。それ、何色ですか）

急激に悪化した吸血衝動に堪える観月と、観月を心配する天使。

心配してくれることは嬉しい。だがこのままでは「よくない薬でもやっているのか」などと、大声で叫ばれてしまいそうな気がして、そっちの方が社会的に困る。

（応急処置、しないと……！）

「と、トマトジュース……！」

これほどまでに深刻な吸血衝動は、生まれて初めてだ。天使を見てしまうと彼の血のことを考えてしまいそうなので、観月は目をつぶってバッグを探る。そして、ぶるぶると震える手でタンブラーを掴み、飲み口を開けようとした瞬間――。

ベコンッ！　そして、ビシャッ！

いつもならば〝封印の耳飾り〟で上手く調節できている力のコントロールを派手に失敗してしまったのだ。

ステンレスのタンブラーは無残に真ん中が凹《へこ》み、中身のトマトジュースは周辺の布と天使に向けて飛び散っていた。

「ひぃぃぃっ！　ごめんなさぁぁぁいっ！」

阿鼻叫喚《あびきょうかん》とはこのことだ。布は買い取り間違いなし。学費のために貯めているアルバイト代が吹き飛んでいく。

だが、それ以上に天使の姿が大変なことになっていた。Tシャツがトマトジュースで真っ赤に染まっていたのだ。

「シェフ……、シェフぅ……」

「おお～。なんだか大出血したみたいになってしまったな。面白いから、写真を撮って凌悟に送ろう」

（笑い事じゃないです！　血まみれみたいで美味しそうすぎます！）

これも本能だろうかと、観月は心の中で悲鳴をあげた。

「シェフ、あの、ほんとにごめんなさい……」

「気にするな。大量買いしていたTシャツだから、店に同じものがたくさんある」

トマトジュースが胸にべっとりと染み込んだ白Tシャツ姿の天使は、笑ってヨシとしてくれた。けれど、観月にとってその血糊《ちのり》Tシャツは深刻な代物だった。

（美味しそうって思ってごめんなさい。血が飲みたいとか思ってごめんなさい！）

観月は念仏のように脳内でそう唱え続けていた。

意識は朦朧《もうろう》としているし、足取りもおぼつかない。買い取った布の束を抱きしめたまま、今にも倒れてしまいそうだった。結局トマトジュースを一口も飲むことができなかったため、吸血衝動も収まらず、気を抜くと天使の胸にダイブしてしまいかねない。

だから、天使に「店、着いたぞ」と言われても、しばらく気がつくことができなかったくらいだった。

天使が「店が近いから少し休んでいけ」と提案してくれたことは、とても有難かった。あのままでは道で倒れるか、天使に襲いかかるかしてしまいそうで、正直怖かったのだ。

そして店に着き、ようやく緊張の糸を緩めることができた。

天使がキンキンに冷えたレモンスカッシュを注いだ後に、自分の着替えを探しに行ってくれたのだ。あの真っ赤なTシャツが視界に入らなければ少しは落ち着く気がして、観月は大いにホッとした。

「あ〜、何やってんだ、私」

しょんぼりとしながら、ストローでレモンスカッシュを吸い上げる。甘酸っぱい。けれどパンチの効いた辛さもあって、夏の疲れが吹き飛んでいくような気持ちになる。

(疲れてたんだなぁ……)

ヴァンパイアは疲れる。日光に弱いし、十字架もダメ、ニンニクも(基本的に)NG。自分が傷つくくらい、爪と歯も鋭利。そして身体能力は高すぎて力の加減が難しいし、時々強烈に血が欲しくなる。

アヤカシの家族と共に、アヤカシの世界で生きるならかまわない。だが、ニンゲンと同じ時と場所に生きようとすると、身分を偽ったり力を調節したりすることにどうしても疲れてしまう。今日のように吸血衝動に苦しむことだって、この先何度あるか分からない。

(こんな思いするくらいなら、「魂に惚れてた」ってことにして逃げちゃう？)

ふと、頭の隅をよぎった考えに観月自身が「私、何考えてんだ！」とつっこみを入れ、頬っぺたをバチバチと両手で叩《たた》き――、その最中に、店の二階から軽やかな足取りの天使が戻って来た。

「ほら、さっきと同じTシャツ。これが本当に安くてなぁ」

　上半身裸状態で階段を降り、のんびりと袖に腕を通している天使が目に飛び込んできたため、観月は「シェ……！」と言いかけてフリーズしてしまった。

　乙女ならば、顔を赤らめて目を伏せる場面だ。だが、観月は貪欲に天使の逞しい筋肉を堪能し、生唾を飲み込む。

（腹筋が六個に割れている！　胸板厚い！　腕筋にしがみつきたいぃぃっ！）

「い、いいですね……」

「そんないい服じゃないぞ？　五枚で千五百円だ」

「あはは！　安すぎです」

　観月は天使の的外れな発言に、思わず声をあげて笑ってしまった。

　無防備すぎる。こんなことでは、伏見や白沢に簡単に盗られてしまうかもしれない。

（盗られる？　何を？　魂？　シェフの魂を盗られたくないの？）

　心の中で、何度目かの自問自答をする。だが、今なら答えが出せる。

　シェフと他愛もない会話をしただけで楽しくなり、シェフの肉体美をガン見して喜び、シェフのことを考えただけで幸せになってしまう単純な自分が、魂などというよく分からないものに本能で惚れるなんてあり得ない。

観月はストローを抜いてレモンスカッシュを一気飲みすると、「ぷはーっ！」と気持ちの良い息を吐く。

そして、秘めていた想いを思いっきりぶちまけた。

「好きです！」

観月のよく通る声が店に響き、天使の三白眼が丸く見開かれる。

(私を応援してくれたあなたが。私にいつも元気をくれるあなたが。好きなことを突き詰めようとするあなたが、私は大好き！)

ドッドッドッと、胸が高鳴る。

今、自分がどんな顔をしているのか分からないし、ヴァンパイアなので鏡には映らないのだが、もしそこに映った自分の顔を見たら、きっと「人生一、晴れやかな顔してるじゃん」と言う気がする。

観月はそう思いながら、天使に熱い眼差しを向けていた。

(シェフ、どうかいいお返事をください！)

「……ありがとう」

天使は照れくさそうに頭を掻《か》きながら、うんうんと自分を納得させるかのように数回頷くと――。

「これのことだよな？　ニンニク入りレモンスカッシュ」

「ニンニク……、レモン？」

観月の赤い瞳は、驚きのあまりコンパスで描いた丸よりまん丸だ。

（うそ、マジで？　レモンスカッシュの話だと思われた？）

思い余っての告白だったが、まさかの勘違い展開である。

どうしてちゃんと、「あなたが好きです」と言わなかったのか？　主語を省きがちな現代人代表になってしまった自分の阿呆。巻き戻ってくれ、時間。いや、まだ間に合うんじゃ？

「私が好きなのは、レモンスカッシュじゃ――」

「嫌いか？　レモンスカッシュ」

「好きです」

天使に食い気味に問われ、観月は反射的に肯定してしまった。

悲しいけれど、後悔したところで時すでに遅し。レモンスカッシュはとても美味しかったのだから。嘘をつくことができないのが鬼月観月なのだから。

「観月、もう一杯飲むだろ？　外、暑かったもんな。まだまだ喉渇いてるよな」

当の天使は風のような速さで空のグラスを奪い取ると、あっという間にキッチンへと姿をくらましてしまう。速い。話題を変えるのも早くて、もう愛の告白に軌道修正できない空気に――。

「んん？」

ちょっと待てよと、観月は耳に残った違和感を頼りに天使の言葉を高速で脳内リプレイした。そして何度再生しても、結果は同じ。おそらく、多分、きっとそうだと、観月は赤い瞳を輝かせる。

(シェフ、「みつき」って言った？　「おにづき」の間違いじゃないよね？)

「シェフ！　シェフ！　もしかして名前で呼んでくれました？」

「えっ。俺、名前で呼んだか？　ごめん！」

どうやら天使は、うっかりと観月のことを名前で呼んでしまったらしい。彼はキッチンからすっ飛んで来ると、申し訳なさそうな顔でおずおずと言葉を付け加える。

「呼びやすいから、つい。心の中ではずっとそう呼んでたんだけど……。嫌だった？」

「い、嫌じゃないです！　むしろ、大歓迎です！」

心の中でずっと呼んでいただと？　けしからん！　今の言葉は脳内フォルダに録音だ！

観月の内の軍曹が桃色の旗を振り、テンションは急上昇。やる気も負けん気も右肩上がりの天井知らず。さすがは愛しのマイエンジェル。

(魂狙いのアヤカシになんか負けてたまるか！　ライバル全員蹴散らしてやる！　いつかきっと、ヴァンパイアの私を好きになってもらうんだ！　そんで絶対、もう一度告白してやる！)

そう決意した観月は、天使が注いでくれたレモンスカッシュのおかわりを豪快に一気飲みしたのだった。

🎀　🎀　🎀

六百年前のフランス——。

一匹の猫が、主人の横顔を静かに見つめていた。

「ふふ。そんな風に見つめてもダメよ……。もう、決めたんだから……」

ニンゲンの少女は、月明りが薄く差し込む森の中で胸に抱えた黒猫に力なく呟く。

「……アヤカシとも分かり合えるんじゃないかと思ったけど、私じゃ駄目だった。みんな、私のことをヒトとして見てくれなかった」

逃げて逃げて、逃げ続けた少女は、心も身体もぼろぼろだった。目を閉じると恐ろしい異形たちが迫ってくるかのような幻まで見えるのに、もはや恐怖を感じない。夢にみた理想が残酷な死に成り果てようとしているというのに、彼女の瞳からはもはや悲しみの涙すらも出ない。

それを分かっているかのように、黒猫が悲しい声で「みゃー」と鳴いた。

「逃げろって？　ごめんね。さっきの術で足が動かなくなってしまったの。アヤカシたちに見つかるのも時間の問題だわ……。でもね、彼らにはあげないって決めた。……あなたにもらってほしいの。私の魂は、あなたが未来に連れて行って」

ヒトと、ヒトならざる者が分かり合うことなどない。

ヒトならざる者たちは、ニンゲンの高潔な魂だけを求め、心は決して求めない。

月にかかる雲の切れ間。月光の差し込む森の中で、黒髪の美しい女性がゆらりと立ち上がった。頭には同じ色の三角耳、尻には長い尻尾が伸びている。

彼女はニンゲンの主人――奇跡の力を操る魔女の魂を受け継ぎ、魔女猫になったのだ。

「ごめんなさい。私には、貴女の意志を遂げることができない。こんな悲しい思いをするのは、貴女と私だけで十分。アヤカシとニンゲンは、心を交わらせてはいけないのよ」

魔女猫は少女の亡骸《なきがら》を抱きしめ、「私の小さなご主人。愛していたわ」と、静かに囁いたのだった。

🎀 🎀 🎀

【ガーリックキッチン彩花】にミャーコさんが再び来店したのは、一週間後の夕方だった。

ミャーコさんは屋外の蒸すような暑さに耐えきれず、ディナータイムには少し早いが、冷たいものを求めてやって来たとのことだった。

「もう、店を開けるところだったんで大丈夫ですよ。……奥のテーブルにお通しして」

さすが愛しの天使《てんし》。彼は新メニューの開発に勤しんでいたのだが、快くミャーコさんを迎え入れた。

観月といえば前回のことがあり、ミャーコさんと顔を合わせることが正直気まずくてたまらなかった。しかし自分以外に給仕係はいないため、前に出るほか仕方がない。

「ミャーコさん。あの……、先日は失礼な態度を取ってしまって、申し訳ありませんでした」

サービスのニンニク入りレモンスカッシュをテーブルにそっと置いた後、観月は改めて謝罪の言葉を口にした。炭酸がシュワシュワと弾ける音が聞こえ、店の静かさが強調されるようで居心地が悪い。

「嘘が下手ね。……貴女、本当は悪かったなんて思っていないでしょう？　貴女は、自分の言葉が間違っていたと思っていない。むしろ、自信を得た。そうじゃないかしら？」

「う……。心ない謝罪をして、すみませんでした。ミャーコさんには隠せませんね」

観月はミャーコさんの表情が思っていたよりも柔らかいことに安心し、再び口を開いた。キッチンにいる天使には聞こえない声量で。だが、自分の気持ちを乗せてはっきりと話す。

「私の〝好き〟は、錯覚なんかじゃありません。アヤカシの本能なんかじゃありません。私の〝好き〟には、シェフへの想いがたくさん詰まってます！」

「その根拠は何かしら？」

「えっと……、良い香り以外にも好きなところがいっぱいあります！　例えば優しい！　真面目！　熱心！　天然！　極めようとする姿勢がカッコいい！　顔がかっこいい！　笑顔が可愛い！　ドヤ顔がいい！　筋肉がいい！　あとは、ええっと、目付きが悪い！」

「それらが後付けの理由でないとは、言い切れないんじゃなくて？」

（ぐぬぬ……。さすがミャーコさん。手強い）

スカートのスリットから覗く長い脚を優雅に組み替えるミャーコさん。

観月は彼女の見せる大人の余裕に当てられそうになり、ゴクリと唾を飲む。

（いけない。集中、集中！）

「シェフは、偽りだらけの私に元気と勇気をくれました。服作りを応援してくれたし、この眼が綺麗だって言ってくれました。私は、それがアヤカシだとかニンゲンだとか関係なく嬉しくて。このヒトのそばで、自分らしく生きたいと思った。このヒトなら、いつか本当の私を受け入れてくれると思ったんです」

「魂が欲しいから、ではなくて？」

「違います！　私はシェフの最期のためにそばにいたいなんて、思ってません。続きを聞きますか？　ミャーコさん」

「聞かせて」

「私は、シェフといちゃラブしたいんです！」

ドヤる観月を見て、ミャーコさんの目がテンになる。

けれど、観月は止まらない。大好きな天使に思いを馳《は》せ、勢いに任せて言葉を紡ぐ。

「あの胸筋に顔をうずめたいし、シックスパックも撫《な》で回したい。彩都ファッション専門学校に合格したら、いっぱい褒めて甘やかしてほしい。シェフのための服を作りたい。いろんな所にデートに行きたい。ニンニク料理を突き詰めるシェフを一番近くで見ていたい。ちょっとだけ、血を吸わせてほしい。えぇっと、それから……」

「…………」

「ちゃんとデザインを学んで、私自らがウエディングドレスとタキシードを作って——」

「待って、観月さん。ふふっ、もうけっこうよ。満腹よ」

つらつらと夢を語っていた観月を、ミャーコさんは笑いを堪えながら止めた。呆れた表情だが、ネガティブな感情は見受けられない。猫の尻尾も楽しそうに揺れているので確実だ。

「好きなのね。魂じゃなくて、彼のことが」

「はい！　だから、誰にも渡しませんよ！　髪の毛一本だってあげません！」

観月は気合のファイティンポーズを取り、シュッシュッとシャドウイングの真似事をした。

ちなみに想像でボコボコにしている相手は、不純な動機で開業を誘った白沢だ。天使のニンニク愛を弄ぶなと叫びたい。

そんな観月を見て、ミャーコさんはますます可笑《おか》しそうにお腹を抱えて笑っていた。そして、少しだけ寂しそうな顔をして呟く。

「ニンゲンと分かり合えると信じて疑わないなんて、本当に変わった子。……観月さんのような子が飼い猫だったら、あの子も報われるのかしらね」

「あの子？」

「いいの。気にしないで」

その時、キッチンから「観月！　ストロー忘れてるぞ！」という天使の声が飛んで来た。観月は「はい！」と気持ちの良い返事をするが、ミャーコさんの悪戯《いたずら》っぽい視線がむず痒《がゆ》くて仕方がない。

「えへへ。名前で呼んでもらえるようになったんです」

「そのようね。応援しているわ。……恋も、進路もね」

ミャーコさんの微笑みに、観月は照れた表情で笑い返したのだった。

🎀 🎀 🎀

同時刻――。

ミャーコさんと笑顔で談笑する観月を、店の窓の外からじぃっと見つめる人影があった。スラリとした金髪の美青年だが、店内を覗こうと必死な姿がたいへん怪しく、商店街を行き交う人々から奇異なるものを見る目で見られている。だが、本人はそんなことに気を配る余裕がないほどに観月の姿に見入っていた。

「何だよ……。何でこんな店でバイトしてるんだよ！」

「ちょっと君。うちの従業員のストーカーか何かなの？　お客さんが気味悪がって入らなくなるから、やるなら閉店後にしてくれないかな？」

壁に向かって脚ドンを炸裂させたのは、ちょうど外出から戻って来た白沢だった。

白沢は不愉快そうに青年を睨むと、彼に聞こえるようにわざと大きな舌打ちをした。

「インキュバスがヴァンパイアの女の子を振り向かせようと必死こいてるわけ？　何それ、ギャグ？」

「ち、違う！　ボクは……！」

「目上の者には敬語、だろ？」

ドガンッと、白沢の脚ドン再び。

青年はビクッと震え、悔しそうな顔で白沢を睨み返すが何も反論できないようである。そして「覚えとけよ！」という、まるで小悪党のような捨て台詞と共に青年は慌てて逃げ出していく。見ている白沢は、やれやれと呆れるしかない。

「変なアヤカシが寄ってくるのは、聖司のせいだけでもないのかなぁ……」

第五章　恋を呼ぶイタリアンコース

彩花町に暑い夏がやってきた。

日差しが苦手なヴァンパイアにとっては、地獄の季節。数時間ごとに〝アンリミテッド日焼け止め〟を塗り直し、外出時には〝パワフル日傘〟を必ず差す。というか、なるべく外出を避け、家にいるときも室内に日光が差し込まないように遮光カーテンを閉めている。

アルバイト前のある昼下がり、観月はカーテンを閉めて自室に籠っていた。

「ふむふむぅ。『年上鈍感男子を堕《お》とす小悪魔テクニック百選』……。えーっ！　こんな大胆な！　………キャーッ！　これみんなやってるの？」

秘密の教本を夢中になってめくる観月。それは、国連アイテム課のみのりさん経由でこっそり購入したものであり、本物の悪魔が執筆したと噂《うわさ》されている、アヤカシ界屈指のベストセラー本だ。アヤカシ女子の聖典《バイブル》ともいう。

だが未成年の観月には少々刺激が強すぎたのか、それとも暑さのせいか、顔は真っ赤で頭は沸騰気味である。

「『距離は近め、ボディタッチは焦らして指一本』……。なるほど、こんな感じ？　あ、ちょっと甘えた雰囲気出るかも。……『下着は常に勝負下着！　背伸びしたデザインを』……。背伸び？　ど、どんなやつがいいのかな？　っていうか、今どんなの着けてたっけ？　やば、上下バラバラじゃん！　……そうだ、なんかお母さんが去年の誕プレでくれたヤツがどこかに……」

娘の十八歳の誕生祝いに下着を贈る母親の神経を疑った、去年の自分。だが、今なら感謝できる。きっと母は、娘を大人の世界に導こうとしてくれた聖女なのだ。サキュバスだが。

そして観月はクローゼットの奥底から下着を見つけ出し、意気揚々とそれを広げてみる。

(布っていうかレースと紐！　透けすぎ！　ガーターベルト付いとる！　で、でも、一応試着してみる？　もしかして役に立つ日は遠くないかもしれないし？)

「へへへ……」と、おかしなテンションで笑っていると――、

「姉さん、独り言がうるさいんだけど。勉強の邪魔！」

突然観月の部屋のふすまが開け放たれ、ムッとした表情の東雲が怒鳴り込んできた。しかし、大人の下着を眺めていた観月を見るなり、「うわ、趣味わる」とドン引きの表情へと急変し、すぐにふすまの向こうに姿を消した。

「うわーん！　誤解だってば！　ちょっと悪魔に取り憑かれてただけ！」

弟、聞く耳を持たず。

(こんな真昼間に、なんで東雲が家にいるわけ？　大学は？　あ、夏休みか)

今日は母がフラワーアレンジメントのサークルに出かけているので誰もいないと思っていたのに、大誤算&大恥だ。東雲が誰かに言いふらさないことを願う。

そして、ふと「大学生っていいなぁ」と、東雲を羨ましく思う気持ちが胸の奥でくすぶった。

観月の志望校は専門学校だが、やはり「キャンパスライフ」や「サークル」というたものには憧れてしまう。想像だが、長期休暇期間だって、サークルや部活の合宿やコンパがあったり友達と旅行に行ったりと、楽しいイベントが盛りだくさんなのではないだろうか。

(東雲は、大学の友達と遊びに行ったりしないのかな。海とかプールとかバーベキ

ューとか。わぁ、私も行ってみたいな〜。シェフと）

日差しが苦手なことなど忘却の彼方。観月は水着姿でキャッキャウフフする自分と天使のあらぬ夏を妄想し、「あぁ、ダメですぅ！　紐に触ったら〜！」と、思わず叫んでしまった。

すると案の定、

「気持ち悪い声やめて」

と、ふすまの向こうから東雲の厳しい声が飛んできた。

双子の姉が妄想を溢れ出させていたら、そりゃあ気持ち悪くも感じるだろう。

（でも、切ない。可愛かった弟に罵倒されて軽蔑されるなんて、お姉ちゃんは悲しい）

観月は姉弟が仲の良かった頃の思い出に浸り、しょんぼりとしながら東雲の邪魔をしないように家を出たのだった。

🎀　🎀　🎀

家に一人残された東雲は、ムスッとしながら机で参考書を眺めていた。

ふすまを隔てた観月の部屋から彼女の気配が消えたので、おそらく早めにアルバイトに向かったのだろう。急に静かになった。

「何だよ。そんなにあの店に行きたいのかよ」

独り言を呟きモヤモヤとしていると、東雲のスマートフォンのバイブが鳴った。

いつもならば勉強中には触らないのだが、今日はなんだかイライラしてスマートフォンに手が伸びてしまう。

彩花医科大学の男の友人――特に親しくないニンゲンからのメールだった。

「『合コンするから来てくれ』？　はぁ？　行くわけない……ん？」

出会いに飢えたニンゲンの合同コンパなど、まったく関心のない東雲だったが、その開催場所にはとても興味があったのだ。

「【ガーリックキッチン彩花】か。行ってみようかな」

🎀 🎀 🎀

観月が【ガーリックキッチン彩花】に行くと、カウンター席で天使がビーチボールを膨らませていた。

「おお、観月。今日は早いな！」

「おお、じゃないですよ。なんでビーチボール？」

天使の肺活量がすごいのか、ひと息でパンパンに膨らみ切ってしまったビーチボールを見つめ、観月は首を傾げる。

ちなみに、「シェフの呼気百パーセントか……。欲しい！」などと変態臭いことを考えてしまったことは、絶対に秘密である。

「商店街対抗のビーチバレー大会に誘われたんだ。名誉なことだ」

「へぇ、すごい！　勧誘されたってことは、シェフってもしかしてバレー部だったんですか？」

「いや。俺はずっと帰宅部だぞ！」

なぜ、ドヤる。

「意外です。シェフって背も高いし筋肉もあるし、何かスポーツをやってたのかと」

続く言葉は「妄想してました」だが、カットしておく。

天使の高身長やガタイの良さからは、バレーボールやバスケットボール、格闘技なんかもあり得ると思っていたのだが、本人は「もったいないことに勉強に明け暮れていた」と改めて残念そうに付け加えた。

「周りが引くくらい厳しい父親でな。当時は言われるがままに勉強ばかりしていた。ニンニクの研究を始めたのも、親父の意向だったしな……」

「ニンニクの研究をされてたんですか？」

「大学の時にな。それがきっかけでニンニク料理に目覚めたから、親父に少しは感謝しなくもないが……」

天使の表情が一瞬曇ったように見え、観月は彼の家事情に切り込むべきかどうか迷ってしまう。だが観月自身がアヤカシ家族の一員なので、うかつに深掘りされたくない気持ちは理解できる。だから、わざわざ天使から感じた違和感を指摘せず、「そうだったんですね」とにこやかに相槌を打った。

いつか、シェフから話してくれる時でいい。そう思ったのだ。

そして、話題はビーチバレーに戻る。

「きっと、背が高いから誘ってくれたんだろうな〜。もし足を引っ張ったら、商店街の行事とかでハブられてしまうかもしれない」

「え！　商店街こわ！」

「冗談だ。みんな優しい、多分な！」

天使は「ははは」と愉快そうに笑うが、観月は「ニンゲンって陰湿だしなぁ……」と、心の中で心配してしまった。

ニンゲンは、不要・異質と判断した者を排除することが大好きだ。少なくともアヤカシ視点の歴史書にはそう書いてあるし、だからこそ、現在もアヤカシはニンゲンから隠れるように生活しているのだ。

観月が不安そうな顔をしていたことに気がついたのか、天使は「案外心配性なんだな」と意外そうな声を出した。

そして、ビーチボールを観月にぽーんっとトスすると、

「じゃあさ、応援しに来て」

と、三白眼を優しく細めて言った。

「俺が試合でヘマしないように。いや、活躍できるようにか。……観月の声って大

きいし、その声でエールもらえたら頑張れる気がす――」

「いっ、行きます！　全力で応援します！」

観月は食い気味に答え、喜びのトス返しをした。

(シェフのご指名！　シェフと海！　私の夏は最高にハイ！　さらっと声がでかいって言われてるけど、ありがとうございますぅぅ！)

「私、(シェフと二人で)海に行けて嬉しいです！」

「そんなに海が好きなのか。じゃ、あいつにも海の楽しみ方を教えてやってくれ」

ポーンポーンとビーチボールをトスし合っていると、突如聞き捨てならないワードが耳に飛び込んできた。

(あいつ？　誰だ、そいつは)

「あのー、あいつとは？」

「ん？　凌悟だけど」

さも当然のように天使の口から出る「凌悟」。つまり、白沢だ。

「白沢さんも、海に？」

「あぁ。俺の数少ない友達だからな！」

（そのヒトは、あなたの魂目的で近づいたふてぇ野郎です）

テンション急降下。グッバイ海デート。

（いや、ラブイベを諦めるわけじゃないんだけど）

観月が悶々とした気持ちを隠して天使とのボール遊びを続けていると、店の二階から当の白沢が階段を駆け下りてきた。

「鬼月さん、タイミングがいいじゃないか。急な予約が入ったから、すぐに準備し――」

「どっせぇぇぇいっ！」

観月は、白沢に向けて強烈なスパイクを炸裂させた。魂狙いのくせにヒトの恋路を邪魔するな、という気持ちがパンパンに込められた一撃である。身体のどこかにヒットすれば、いつもスカした態度の白沢に尻もちをつかせることくらいできるはず――。

だが白沢はその究極の一撃を真顔でスッとかわし、何事もなかったかのように言葉を続けた。

「準備してくれる？　大学生の合コン。若い女性客を増やすチャンスだ」

「ぐぬぬ……！」

「はい、そこの金髪娘は時給五百円減給します」

「イケメンオーナー、そこをなんとか」

観月と白沢のコントのようなやり取りを見て、天使は「仲良しだなぁ」と楽しそうに頷いていた。このシェフは本当に天然で鈍くて困る。

（人の気も知らないで。このアヤカシたらしぃぃぃっ！）

🎀 🎀 🎀

「え～、今日貸し切りなん？　おっさん、めっちゃ腹減ってんねんけど」

【ガーリックキッチン彩花】のディナータイムの開店直後に現れた妖狐、伏見稲荷は残念そうなため息を吐き出していた。

「すみません、伏見さん。大学生の団体予約が入っちゃって」

「は～ん。ニンニクでガッツつけようとか考える、ゴリゴリの体育会系の男子どもやろ？」

「はずれです！　なんと、合コンなんです！　女子がいます！」

「うそ言うたらあかんて」

テイクアウトのエスカベーシュサンドをせっせと袋に詰める観月を手伝いながら、伏見は「この店、女子きぃひんやん」と大笑いしていた。失礼だ。

だが彼の言うことはあながち間違いではなく、店のメイン客層は男性の学生やサラリーマン。中には常連客と呼べる人たちも多くいて、観月もその人たちの顔はだいたい覚えている。

一方、女性客は来店があれば目立つくらいに少ない。常連客はミャーコさんくらいだ。いや深雪もか。

そして、その理由は明らか。ニンニク料理と言われれば、気になるのは匂いに決まっている。

そうは言っても実際のところ、天使のニンニク料理からは香ばしく食欲のそそる匂いこそするが、口や胃に悪臭が残る感じはしない。ヴァンパイアの観月が言うのだから、そうなのだ。天使いわく「農家さんが上物を送ってくれるから」であるが、きっと作り手の工夫もあるに違いない。

だから、観月は声を大にして言いたい。

「絶対、若い女の子にもウケるはずですよ！　めちゃくちゃお洒落で映えるコース料理を出すらしいので！　これはSNSで大拡散！　女性客爆増ですよ！」

「そないに上手いこといくんかなぁ」

「いく、っていうか、いかす。あんたに心配されるまでもないよ」

偉そうに口を挟んで来たのは白沢だ。下は相変わらず高級スーツだが、彼にしては珍しく店のエプロンを付けていた。どうやら給仕を手伝うつもりらしい。これは合コン客に対して、かなり気合いが入っていると見た。

「白沢さん、やる気満々ですね」

「そこそこね。……そういえば、君さ。最近誰かにつけられたりしてない？　なんか、変な視線感じたりとか」

観月は白沢を茶化してやろうと思ったのだが、スルッと話題を変えられてしまい、拍子抜けしてしまった。しかも、そのようなストーカーには心当たりはまるでない。

「ないですけど。何でですか？」

「いや、別に。ならいいよ」

ツンとそっぽを向いてしまう白沢。

だがその時、ガラガラと入り口の戸が開き、白沢は「あ……！」と声をあげた。

「ストーカーが来た」

入り口には噂の合コン集団がわらわらと集まっていて、その中にひと際目を引く美しい金髪の青年がいた。観月はその青年の姿を見て、思わずギョッとしてしまう。

彼は、観月の弟——鬼月東雲だった。

「しっ、東雲！　なんでいるのっ？」

「ボクは合コンしに来たんだけど？　姉さんこそ、どうしてニンニク料理の店なんかにいるのさ」

ガッテム！　と、観月は胸の中でシャウトした。

東雲を含め家族には、ニンニク料理専門店であることは秘密にしているのだ。

何と言っても、鬼月家には「ニンニク滅ぶべし！」と、毎朝念仏のように唱える父がいる。もし東雲経由で観月の秘密が父の耳に入れば、いとも簡単に地雷を踏み抜き、逆鱗《げきりん》に触れてしまうだろう。

（だから、家族には内緒にしてたのに！）

「こ、ここ、すごくいいお店なんだよ。東雲」

「……聞いてるのは動機だよ。医大の受験を辞めたと思ったら、男目当てでバイトしてるわけ？」

東雲の棘《とげ》のある言い方に、観月はしどろもどろになってしまう。しかも、天使がいる店だから働いていることに間違いはないため、反論したくとも難しい。観月は嘘がつけない性格なのだ。

「お願い、東雲。お父さんには言わないで！　お母さんも口が軽いから言わないで！」

「それは、姉さんの態度次第」

「東雲様、一番風呂を永久に譲ります！」

「そういうんじゃないし。馬鹿じゃないの」

観月の必死の交渉もバッサリと切り捨てられる。

「うぅ……。ニンニク料理だけど、東雲は大丈夫？」

「ボク、そもそもヴァンパイア十パーセントだから、外見要素くらいしか遺伝してないんだよね。ボクとお母さんだけの日とか、よく餃子食べてるし」

（十九年目の衝撃！　家のご飯に出ないから、東雲もニンニクNGだと思ってたのに！）

観月が「なぜ言わぬ」とムッとしていると、東雲は「でも、姉さんも食べれるんじゃん」という台詞を残し、友達の輪の中に戻っていってしまった。

自分だって、黙ってただろ――、そう言いたげな尖った物言いに、観月はシュンとしてしまう。

（シェフの料理だから、なのに）

だがそんな反論をするよりも早く、東雲の友達が「鬼月、店員さんと知り合い？」と、こちらを指差してきた。

「あれ、ボクの双子の姉貴」

東雲がそう答えると、賢そうな医大生たちの興味津々な視線が観月に鋭く突き刺さる。

（あぁ……。比べられてる）

観月は居心地の悪さから、思わず引き攣《つ》った表情で「弟がお世話になってます」

とし か言えなかった。動悸《どうき》が激しくなり、身体が強張《こわば》る。過去の嫌な出来事を思い出してしまい、サァーッと血の気が引いていく。

（あ、ヤバい。怖い……）

一瞬、心配そうな顔をした東雲と目が合った気がしたが、観月自身が俯いてしまったので、気のせいかどうかも分からなかった。

そして白沢に「何、ぼんやりしてるのさ」と、靴の踵をコツンと蹴られて観月はハッと我に返った。

「あ……。すみません」

「あのストーカー、弟だったんだね。君より美形で賢そうなインキュバスだねぇ」

「……はい。鬼月姉弟のできる方、ですよ」

「何それ」

観月に嫌味をあっさりと肯定されてしまったのが面白くなかったらしい。白沢は小さく舌打ちをすると、初動が遅れた観月を置いて、学生たちを店内の奥に案内しに行ってしまった。

「素直ちゃうなぁ、あのヒトも。……さて、どう乗り切る？　鬼月ちゃん」

残された観月に愉快そうに声をかけてくる伏見は、助けてくれる気配はまったくない。サンドイッチをテイクアウトして、さっさと帰る気満々だ。

「東雲に、天使シェフがいかに素敵なニンゲンかを分からせてやります！　名付けて【天使布教大作戦】です！」

観月は「切り替えろ」と自分に強く言い聞かせると、胸を張って作戦名を公言した。

🎀　🎀　🎀

一方その頃、東雲は合コンのために集まったメンバーと共にテーブルに着いていた。男性は東雲の通う彩花医科大学生、女性は彩花女子大学生。三対三のコンパだった――が、女性の視線は全力集中で東雲に注がれていた。

だが、それは東雲の想定の範囲内。東雲が自意識過剰だとか、ナルシストだとか、そういう理由ではない。

サキュバスである母の血を濃く受け継ぐ東雲には、何もせずともニンゲンの女性が勝手に好意を抱いてしまうのだ。それが、サキュバスとインキュバスの特殊能力――魔性である。眼を合わせたり、笑いかけたり、スキンシップなんてしてしまった暁には、相手の好意は完全に恋慕の情へと変貌する。試したことはないが、おそらく東雲が本気になれば女性たちを服従させることだってできてしまうだろう。

(まぁ、しないけどね。インキュバスのボクが生きるために、ニンゲンを手籠めにする必要なんかないんだし)

ヴァンパイアにとっての血が趣向品であるように、サキュバスやインキュバスにニンゲンの精気が必ず必要ということはない。だから、ソレは東雲にとっては不要の産物。ニンゲンと関わる時間は、無駄にしか感じられないのだ。

「ねぇ。鬼月君のお父さんって、鬼月クリニックの院長先生なんでしょ？」

「へぇ！　じゃあ、病院を継ぐんだ？」

「すご～い！　将来安泰な上にイケメンドクターですね！」

「持ち上げすぎですよ。ボクはまだまだ勉強しないと」

心の中では「うるさい子たちだな」と思いながらも、東雲が適当に返事をすると女性陣からは「謙虚なところも素敵！」と黄色い歓声が飛んできた。

面倒臭い。だがそれでも東雲が合コンに参加した理由は、接客に現れたこの白髪の男性店員だ。スラリと背の高いシルエットをしたこの男性は、いつか店の前で脚ドンを食らわせてきた偉そうな店員。そして、非常に妖力の強いアヤカシだ。

正直に言うと、客として再度顔を合わせることは気まずかったのだが、事情が事情であるため仕方がない。

「――お客様？　お飲み物をお伺い致しております。お決まりでしょうか？」

「えっ、あ、ベリージュースで」

考え事をしていたせいで、白髪の店員が個別に飲み物のオーダーを確認していたことに気がつかなかった。パッと彼と目が合い、その目が「ストーカー野郎がよく顔を出せたよね」と言わんばかりのものだったので、東雲はムッと相手を睨み返す。

（なんで。なんで姉さんは……）

店の入り口付近の席で妖狐の客にテイクアウトの品を持たせて送り出す姉の姿を見やり、東雲は胸の中でイライラとしてしまう。観月の要領や手際が悪いところは、普段から見ているので今更だ。現在進行形で重要なことは、ただひとつ。

（なんで、こんな性悪そうなアヤカシに惚れたんだよ！）

　ということだ。

🎀 🎀 🎀

　観月は、東雲に天使の魅力を伝えようと張り切っていた。キッチンでせっせと料理を続けている天使をホールに引きずり出すわけにはいかないので、主な手段は観月によるプレゼンだ。そのために情報収集は欠かさない。

「シェフ！　このお料理のこだわりとか、豆知識みたいなものはありませんか？」

「ん？　ニンニクへの熱意が溢れてきたか？」

「そんなかんじです！」

「良いことだ！　この野菜のニンニクソースオリーブ漬けは、野菜によって茹《ゆ》でたり揚げたりとなかなかの手間がかかっているんだが、それだけに――」

　天使は料理をする手こそ止めないが、とても嬉しそうな表情で答えてくれた。その説明が理解しやすく面白く、まるで家庭教師の先生のようで観月は楽しくなってしまう。

（やっぱり、良い。熱心な料理男子、良い。家で二人でこんなふうに料理ができたら、最高に楽しいんだろうな）

いけない。新婚さんライフを想像してにやけてしまった。

観月がそんなことを思いながら頬を緩めていると、天使は少し安心したように「良かった」と頷いた。

「何がですか？」

「いや。なんかさっき、観月が元気なさそうに見えたから」

鈍いかと思いきや、意外と鋭い。

天使が自分のことを見ていてくれたことが嬉しく、観月は簡単に舞い上がりそうになってしまう。

（シェフのためにも、笑顔、笑顔！）

「おかげさまで、すっごく元気ですよ！」

観月はそう明るく返すと、前菜をトレイに乗せて大げさに軽やかな足取りでキッチンを後にした。

　そして、観月は学生たちのテーブルに料理を運ぶたびに、料理と天使のすごさを力説した。

「こちら、前菜の盛り合わせでございます。手前は、トマトのチーズファルシ。トマトの中を繰り出して、ガーリック風味のクリームチーズをギュっと詰め込んだ爽やかな一品です。シェフおすすめの食欲が加速する前菜ですよ！」

「こちらは、野菜のニンニクソースオリーブ漬けでございます。ズッキーニ、パプリカ、アスパラ、インゲン、セロリ、ナスといった色鮮やかな野菜を特製ソースで漬けております。それぞれの野菜に合わせた調理がされているので、その食材の美味しさがシンプルかつ最大に引き出されています。お好みで、レモンでさっぱりとお召し上がりください。……と、当店のシェフが申しておりました！」

「奥は、ジャガイモのアンチョビガリバタ焼き。ピリッとした辛味が癖になります。シェフの作る前菜の中では、人気ナンバーワンでございます！」

「本日のパスタは、トマトとバジルの冷製パスタでございます。こちらも当店のシェフが――」

「ちょっと、姉さん。シェフシェフしつこくない？」

パスタとピザを運び、ごりごりに「シェフ」を連呼していた観月だったが、ついに東雲に睨まれてしまった。天使にポジティブな興味を抱いてもらうどころか、うんざりとした顔をされてしまい、観月は「しまった」と内心冷汗をかく。

「ご、ごめん。だって、シェフの料理、すごく美味しいから……」

「それは食べたら分かるよ。問題は、姉さんが料理の説明するたびにボクらの会話を遮っていることだよ。空気読んでよね」

「う……」

東雲にキツめに言われ、観月は真っ赤になって「申し訳ありませんでした……」と学生たちに頭を下げた。自分勝手な考えで暴走し、お客の楽しい時間に水を差してしまったこと、そして弟の東雲にまで恥をかかせてしまったことが恥ずかしく、申し訳なくてたまらなかった。

（何やってんだ、私！　せっかく東雲が友達とご飯を食べてるのに！）

「まぁまぁ、鬼月。そんなに怒るなよ？　お姉さんも、どんまいっす」

軽い口調で話しかけてきたのは、東雲と同じ大学の青年だった。明るくフレンドリーな雰囲気で、こんな子が東雲の友達なら安心かも……というポジティブな印象を受ける。

だが、それは一瞬のことだった。続く彼の言葉が、観月の触れられたくない領域に土足で踏み込んできたのだ。

「お姉さん、こいつと双子なんすよねー？　同じ金髪だけど、こいつの方が美人……、あ、冗談ですって。すんません」

東雲の友達の言葉に、観月はキュッと唇を引き結ぶ。

（知ってる。東雲は、私より綺麗でたくさんのヒトから好かれる）

「ってか、お姉さんはどこの大学っすか？　やっぱ、医療系っすか？　それとも看護系？」

耳を塞ぎたい。

（医者の娘だからって、当たり前みたいに言わないで）

東雲の落ち着かない視線を感じるが、眼を合わせることができない。

観月は、心を殺して笑顔を作った。

（笑え、私。笑え）

「あはは……。私もみなさんと同じ彩花医科大学を受けたんですけど、あっさり落ちちゃって。今は自分がやりたいことを見つけたので、絶賛準備期間なんです！」

「へぇ、自分探ししてたかんじっすか？　あ、もしかして、上がちゃらんぽらんだと下がしっかりする的な？　俺んとこもそうなんすよ——」

この先は、聴きたくないと心が拒否して凍り付く。

だが、彼の言葉は耳から勝手に入り込んできてしまう。

それは観月にとってトラウマを呼び起こす言葉で——。

「お姉さん、アレだ。『鬼月姉弟のダメな方』」

観月の心臓に杭を打ち込まれたかのような痛みが走ったのと同時に、目を血走らせた東雲が勢いよく立ち上がる。

まずいと思った観月はとっさに「東雲！」と大きな声で叫び、神速のスピードで彼を無理矢理椅子に戻らせた。反射神経やパワーは、インキュバスよりもヴァンパイアの方が上なのだ。そのことに感謝しながら、観月は笑顔を作って東雲の肩をポンポンと陽気に叩く。

「みなさん、東雲は私と違ってよくできた弟なので、これからも仲良くしてやってください。では、失礼致しました！」

背中から、「姉さん！」という東雲の声が追いかけてきた。

だがこれ以上学生たちの楽しい合コンを邪魔するわけにはいかないと、観月は足早にテーブルから離れた。

（息が、苦しい……）

観月が逃げるようにホールの隅に行こうとすると、

「後は、僕ひとりでやるから」

と、白沢がこちらを見ずにぶっきらぼうに言い放つ。

「で、でも、団体様だし！　名誉挽回《ばんかい》だってしたいです！」

「そんな顔で接客されたら迷惑だ。とっとと裏に行って。オーナー命令」

真っ白いナフキンを投げつけられた観月は、苛立った様子の白沢を黙って見送った。

「君が僕以外の奴にいじめられてるのは、なんかムカつく」

白沢のその言葉は、ぐすんと鼻をすすっていた観月には聞こえていなかったのだった。


【ガーリックキッチン彩花】の店舗裏には、小さな庭がある。といっても、花や木があるわけではなく、物置きとゴミ箱があるだけのそっけない空間だ。

観月がナフキンで目元をぎゅうぎゅうと押さえながらそこへ行くと、先客がビール瓶ケースに腰かけてくつろいでいた。

「シェフ。休憩ですか？」

「うん。メインのモモ肉をオーブンで焼いてるとこだからな。その内戻る」

天使が腰を痛そうに揉《も》んでいたので、観月はベルトのように巻き付いていた大蛇の霊を素早く巻き取り、店の敷地の外に放り出した。その時間、わずか三秒。

すると天使は「なんだか身体が軽くなったぞ」と大きく頷き、観月をしげしげと見つめて――。

「観月は、重そうだ」

「し、失礼すぎですよ！　一応女子なんですけど！」

賄いを食べ過ぎて太ってしまったのだろうかと焦ったが、天使は「すまん、体重じゃなくて」と慌てて付け加え、観月を隣のビールケースに座るように促した。

観月が大人しくビールケースに腰かけると、天使は再び話し出す。

「なんていうか、心が重たそう……なんだよな。あのお客たちが来てから、空元気っぽいし。同年代だとやりにくいか？」

頑張っていたつもりだが、やはりそう見えていたのかと観月はしょんぼりと俯く。きちんと仕事を全うできなかっただけでなく、天使の気を散らせてしまったことについても落ち込んでしまう。

「お客さんの中に、双子の弟がいたんです。賢くって、イケメンで、本当によくできる子で、自慢の弟なんです。でも私、あの子に嫌われてて……」

「弟か。……喧嘩《けんか》でもしたのか？」

「喧嘩……。そう、ですね。中学の卒業前くらいに」

観月は、胸の深い場所に隠していた扉にそっと手をかける。痛みの詰まった部屋に足を踏み入れることはとても怖いけれど、天使が一緒にいてくれれば大丈夫。そんな気がしたのだ。

「大学だけじゃなくって、私と東雲……、弟は、同じ高校を受験して、私だけ落っこちちゃったんです。でも、私は前向きでしたよ。名門私立校に行けなくても、頑張ればきっとどこかで東雲に追いつけるって思ってましたから」

中学校の前半までの観月は、地道な努力で成績上位をキープしていた。双子の東雲と競い合うように互いを高め合い、大人たちや友達から一目置かれる存在だった。東雲と二人揃って褒められること、それが観月は嬉しかったのだ。

だがある時期から苦手なことが増え、克服するのに時間がかかるようになった。別に、成績が急落したということではない。観月は、学校では相変わらず優等生だった。しかし、要領よくなんでも器用にこなす東雲は、学校の学習内容をあっという間に修め終え、どんどん先のカリキュラムへと進んでいった。姉弟で並んでいたはずなのに、いつしか観月は東雲を必死に追いかけるようになっていたのだ。

父が「観月ちゃんと東雲は、父さんの自慢の子だ」と言った。

お父さん、それって本当は東雲だけでしょう？

母が「みつきちゃん、しの君を引っ張ってあげてね」と言った。

お母さん、私は東雲の後ろにいるよ。

東雲が「お姉ちゃん。お医者さん、一緒にやろうね」と言った。

ごめん、東雲。約束、守れないかもしれない。

観月はそんなほの暗い感情をしまい込み、笑顔で「頑張る」と言い続けた。諦めないことが自分の良いところなんだからと。

だが、中学卒業前のある日。

「東雲と私の共通の友達が、家に遊びに来たんです。同じ中学の男の子」

観月は胸が苦しくなるのを耐えながら、天使に明るく話そうとした。

すると観月の心の内を察したのか、天使の大きい手の平が背中をトンと叩いてくれた。まるで背中を押してくれたかのような感覚に、観月は勇気を出して再び口を開く。

「その子、私だけ志望校に合格できなかったって知って、『観月は、鬼月姉弟のダメな方なんだな』って言ったんです。デリカシーないですよね～……。でも私は、ほんのちょっとだけホッとしちゃったんです。そっか！　私はダメな方だから仕方ないんだって」

「観月は、ダメなヤツなんかじゃないだろ」

観月は天使の言葉に心がじんわりと温かくなるのを感じ、「ありがとうございます」と微笑んだ。

「東雲も、その時そう言ってくれたんです」

同じことを言っていたが、天使と違い、あの時の東雲は激しく怒っていた。「姉ちゃんはダメな方なんかじゃない！　姉ちゃんがどれだけ頑張ってるのか知らないくせに！」と、人生最大に激高し、その男の子――ニンゲンの友達を殴り飛ばしたのだ。

「私のために怒ってくれたんですけど、手を出したらいけないじゃないですか。私たち、アヤ……じゃなくて、力がすごく強いので尚更。で、慌てて止めに入ったら、『ヘラヘラ笑うな！』って私が一番怒られて」

観月は暴走した東雲に家の外まで投げ飛ばされ、全治二週間の傷を負ったのだ。治癒力の高いヴァンパイアがそれだけの怪我をするということは、やはりインキュバスの基礎攻撃力も相当なものなのだと思い知らされた瞬間だった。

そしてその事件以来、東雲はニンゲンと関わることをやめ、観月とも距離を置くようになってしまったのだ。

「ヒトを勝手に比べて貶《おとし》めてくるニンゲンなんて大嫌いだし、それでいいって受け入れてる姉ちゃんも嫌いだ」

そう吐き出した東雲に、観月は何も言い返すことができなかった。

私だって頑張ってると言いたくても、結果を出せていない自分にはその資格がない。これ以上、東雲をがっかりさせたくない。東雲が私のせいでニンゲン嫌いになってしまったのに、私にはどうすることもできない。いったいどうやって償ったらいいんだろう——。

それが、観月と東雲の間にある溝だった。追いかけても埋まらない、深くて大きな溝だ。

「私のせいで、東雲がヒトを遠ざけるようになってしまったことが申し訳なくて。昔は、いつもたくさんのヒトに囲まれてる子だったのに。……だから東雲が友達と合コンに来てて、ちょっと嬉しかったんです。ようやく友達を作るようになったんだなって」

その友達が、トラウマもんの台詞を吐いたわけだが。

「ごめん。俺には歳の離れた従姉妹しかいなくて、姉弟のことはあんまり分からないんだが……。きっと、弟は観月のことを嫌ってはいないと思うぞ」

あ、慰めてくれるんだと、観月は少し嬉しくなって天使をチラリと見つめた。すると、視線がバッチリと合い――。

「観月は、ダメなヤツどころか、良いところがいっぱいだろう？　明るいし、周りを元気にしてくれるし、目標に向かって努力もできる。服のこともよく知ってるし、体力も底なしだよな。あと、笑うと可愛い」

（か、可愛い？）

真正面から真顔でそう言われ、観月は「ふぇっ！」と裏返った声を出してしまった。みるみる体温があがり、耳まで真っ赤だろうと感覚で分かる。そして少女漫画なんかでお馴染みの「心臓がうるさい」を地で体験した。胸の鼓動が止まらないのだ。

嬉しくて、照れくさくて、何と返したらいいのか分からず、観月はもじもじと「えっと、あの……」と繰り返す。

だが、当の天使は真っ赤な観月には気がつかず、「目が離せない感じがする」と笑顔で追撃してきたのだった。

「しぇ、シェフ！」

これ以上は心臓が耐えられないと、観月は天使の言葉を遮った。嬉しくて死にそう。嬉死《うれし》にそうだ。

「観月。付き合いが短い俺でさえ、お前の良いところをこれだけ知ってるんだ。弟なら、もっとたくさん知ってるはずだろう？　だからきっと、また仲良くできる。些細《ささい》なきっかけさえ逃さなきゃ、大丈夫だ」

天使は肉の具合を見に戻ろうとする際にくるりとこちらを振り向き、力強いグーサインを贈ってくれた。

それを見た観月の胸に、彼の言葉がスゥッと優しく溶けていく。つい先ほどまで重たかった気持ちが羽根のように軽くなり、むしろ燃え上がっている気さえする。

（あぁ、やばい。マジ天使《てんし》。好きが天元突破しそう！）

天使に元気をもらったのは何度目だろう。もう数えきれない。

しばらく経って気持ちが落ち着いてきた観月は、ちゃんと接客をやり遂げようと気合を入れ直し、「いざ出陣！」と勇んで店に戻った。

けれど、そこには合コンをしているはずの学生たちの姿はなかった。今頃はドルチェが出されている頃だろうかと想像していたのに、店内には白沢と天使の二人しかいないのだ。

「うそ？　もう帰られたんですか？」

「場がシラけちゃったみたいで、ドルチェはテイクアウトして帰ったよ」

「えぇっ！　それって、もしかして私のせいですか……？」

「違うよ。君にそんな影響力はないから安心して」

白沢はエプロンを外しながら、思い出し笑いを堪えていた。

いったい何があったのかと観月が不思議そうな顔をしていると、答えてくれたのはカウンター越しの天使だった。

「凌悟が、合コンに来ていた女の子たちの人気をさらってしまったんだ」

「へ？」

やれやれと苦笑いする天使と、赤い瞳をまん丸にする観月。その二人の前で、白沢は「そ」とふんぞり返って笑い出す。

「ちょっと甘い声を耳元で出してやったら、コロリだよ。可笑しいったらないね！」

「そんな……。東雲がいたのに？」

天使がいる手前言葉をぼかしたが、観月が言わんとしたことは「インキュバスの東雲がいたのに」だ。ニンゲンの女性から絶対的に好意を寄せられるはずのインキュバスがその場にいるのに、よく分からない桃石鹸マルチーズ臭のする白沢に人気が流れるなど、考えられなかったのだ。

「凌悟は、学生時代から女性の扱いがうまいんだ。心ないお世辞とか、さりげない資産アピールとか……。正直、観月が知っている凌悟じゃないんだ。王子様みたいなんだぞ」

（だぞ、って……。シェフ、マジですか？）

てっきり嫌味製造機かと思っていたこの口から、どのような甘言が吐き出されるというのか。そんな白沢を見てみたいような、見たくないような、観月は複雑な気分になってしまった。

「僕から見たら、君の弟なんて赤ん坊同然さ。経験値が違うんだ。僕が本気を出せば、君だって堕ちる」

「それはないです」

それだけは、きっぱりと否定してやった。

「でも、白沢さん。なんで合コンを台無しにするような真似を？　女性客を増やすって、あんなに張り切ってたのに！」

「増えるじゃないか。僕に惚れた三人は、必ずリピーターになるよ」

「そんなの屁理屈ですよ！　せっかくの楽しい合コンが……！」

観月が抗議すると、白沢はそれを面倒くさそうに鼻で笑い飛ばす。

あんたは長生きしすぎてひねくれ方が尋常じゃないんだろ、と叫びたくなる観月だったが、白沢の次の一言で思い止まった。

「僕の店の従業員を泣かせた奴なんて、客じゃないよ。連帯責任で帰ってもらったけれど、来世まで出禁にしてもいいくらいだ」

「え？　私のために……？」

にわかには信じられず、観月は疑いながら聞き返した。

「酷いやり方だけど、ありがとうございます」

「五月蝿《うるさ》い。僕がムカついたからだよ」

盛大に舌打ちをして、そっぽを向く白沢。だが、照れ隠しのように見えなくもない。

「聖司には申し訳ないことをしたね。でも彼ら、料理を気に入っていたから大丈夫だと思うよ。もし口コミサイトなんかに悪評を垂れ流すようなら、それこそ社会的に抹殺してくるから」

「どうやって社会的に抹殺するのか気になるが、そこまでしてほしくはないな」

天使は白沢に「ありがとな、オーナー」と笑いながら言うと、片付けのためにキッチンに引っ込んで行った。

その間、観月は「あれ？」と思考を巡らせていた。

もしや白沢という男は、本当は優しいのではないだろうか。

悪ぶって嫌味を言ったり、横柄な態度を取ったりするのはカムフラージュで、本当は仲間への慈愛に溢れているのでは……？　天使の魂狙いが目的かと思ったが、彼への情もちゃんと持ち合わせているのでは……？

「白沢さんって、もしかして優しいんですか？」

「は？　何？　僕に優しくしてほしいわけ？　なら、ねだってみなよ」

（文脈を無視すると、なんかエロいんですが。って、何考えてんだ私！　私にはシェフがいるんだから！）

白沢に鼻で笑い飛ばされたが、今の観月はひるまない。励ましてくれた天使と、曲がりなりにも大事な従業員と思ってくれていそうな白沢のおかげで、心が上向きなのだ。

（あとは、東雲と仲直りできたらいいのに）

「あ、そうそう。君の弟、多分戻ってくるよ。ダッシュで」

心を読まれたのかと思うほどのジャストタイミングで、白沢が言った。そして彼は外したエプロンのポケットの中から、ネイビーブルーのケースに入ったスマートフォンを取り出して見せる。それは、東雲のものに違いなかった。

「メニュー表の下敷きになって、忘れられてた。ロック解除したら、すぐ弟君のだって分かったよ」

「なんで、ロック解除できちゃうんですか？」

「え？　だってさ——」

その時——。

二人が東雲のスマートフォンを巡って話していると、ガラガラガラガラッと乱暴に入り口の戸が開け放たれた。

「スマホ！　見てないだろうなっ？」

全力疾走してきたと思われる東雲が、息を切らして飛び込んできたのだ。普段は汗腺が死んでいるのかと思うほどに爽やかな彼が、なんと汗をかいている。珍しくて仕方がない。

（白沢さんの予言通り！）

観月が驚いて目を丸くしている隣で、白沢はわざと嘘臭く「見てないさ。あんな素敵なホーム画面。あ、ロックの番号も」と、スマートフォンを指の上でピザのようにくるくると回しながら言った。

どのようにしてそれを高速回転させているのかが気になるが、それ以上に気になったことは、白沢の発言だ。

そういえば、観月は東雲のスマートフォンに触ったことも、画面を見せてもらったこともない。東雲はいつも肌身離さずそれを携帯しており、風呂の中にまで持ち込むほどなのだ。まぁ、年頃の男子だからと思っていたが、白沢が見たとなると観月だって見てみたい。

「どんなのだったんですか？　好きな子の写真とか？」

「あ～、うん。多分、そ――」

「言うな！　絶対に言うな！」

東雲は乱暴に白沢からスマートフォンを奪い取ると、真っ赤な顔で「ヒトのスマホを見るなんて、最低だな！」と叫んだ。

だが、白沢がそのような陳腐な罵倒でダメージを負うことなどあり得ない。彼は意地悪い笑みと共に余裕の反撃を開始した。

「最低はどっちかな。あんな無神経なトモダチ連れてきて、お姉さんを泣かせる弟君」

「あ、あのニンゲンとは本当は仲良くなくて、ボクだってあいつを殴りたいくらいで！」

「言い訳がましいところが、お坊ちゃんぽいよねぇ」

「こ、この野郎……！　あぁ、もう嫌だ！　姉さん、あのさ！」

言われっぱなしの東雲は、会話に入れずにいた観月の方を勢いよく振り返ると、腹立たしそうに再び叫ぶ。

「こんな性格の悪いヤツなんて、やめてよ！　絶対に後悔する！」

「ど、どういう意味？」

観月がきょとんと首を傾げると、東雲は「あれ？」と逆に驚いた顔をした。観月の反応が予想外だったらしく、目がテンになっている。

更に白沢も「性格の悪いヤツ」呼ばわりされ、「は？」という顔をしているので、その場にいる三人が揃って不可解な空気を醸し出していた。

そして、おもむろに東雲が口を開く。

「姉さんはこのヒトが好きだから、ここでバイトしてるんじゃないの？」

「え？　ないない。ないないないないってば！」

「ないないうるさいよ。僕も君みたいなじゃじゃ馬、願い下げだよ」

顔を見合わせ、首を横に振る観月と白沢。ダブル全否定に「そんな馬鹿な」と絶句する東雲。

「東雲。私が白沢さんを好きだと思って、心配してくれてたの？」

「そいつにたぶらかされてると思ったんだよ……！　姉さんが学費のために頑張ってるのに、惚れた弱みで激安の給料で働かされたり、やましいことされたりしたらいけないだろ！」

「私の夢、応援してくれてたんだ……」

「当たり前だろ……っ」

いつもクールな東雲が恥ずかしそうに慌てている。

彼の気持ちが嬉しくて、不器用な彼が可愛くて、観月の胸の温度は急上昇だ。きゅんが止まらず、つい頬がゆるゆると緩んでしまう。

「わ、笑うなよ！　ボクは、姉さんのことを思って偵察に来たのに！」

「うん、うん……。ありがとう、東雲は優しいね。ずっと、ずぅっと優しい」

「……なんだよ。知らなかったのかよ」

すねた顔で俯く東雲がとても愛おしい。

観月はほんの少し前まで、将来を分かった自分を彼が恨んでいるのではないかと思っていた。だから、避けられているのだと――。

けれど、東雲はそんな弟ではなかった。

恥ずかしがり屋で、気持ちを言葉にするのが苦手で、姉思いの可愛い弟。観月の自慢の弟だ。

「わーん！　東雲ぇ！」

「うわっ！　抱き着くなよ、恥ずかしいだろ！」

観月は思わず東雲に抱き着き、まるで犬のように頭をヨシヨシと撫でまくる。全身で嫌がられているが、彼が跳ね除けてくることはない。むしろ、東雲は照れくさそうな顔でなでなでを享受しているように見える。

「東雲、私のこと嫌いじゃない？」

「……馬鹿じゃないの。嫌いだったら、わざわざこんなとこまで来ないよ」

「そっか！　そっかぁ～！　良かった～！」

「じゃあ、姉さん。今好きな男はいないってことでいいんだよね？」

ピタリ。東雲の一言で観月の手は止まった。同時に嘘が苦手な観月の視線は、分かりやすくキッチンへと向いてしまっている。そう、愛しの天使に。

「もしかして、ここのシェフ……？」

「ま、待って、東雲！　シェフはすごくいいヒトなの！　だから、黙って私の恋路を応援しよう！　うん！」

観月が必死に話題を終わらせようとしていると、天使が東雲の存在に気がついた

ようで、

「お！　観月、例の弟と仲直りできたのか？」

と、呑気な顔でキッチンから出て来てしまったではないか。

（あぁっ！　こっちに来ちゃダメ！　私がニンゲンのシェフが好きってバレちゃう！）

東雲から両親へと観月の秘密が伝達されるイメージが脳を駆け巡り、心の中で「ひぃぃぃぃ！」と叫んだ。

しかし——。

「うわ……、めっちゃいい。スマホの待ち受け変えよ」

（今、なんて？）

うっとりと天使に見惚れる東雲の呟きに、観月はギョッと目を見開いた。しかもこの弟、初対面のシェフに「記念写真いいですか？」などと申し出ているではないか。

「えっ？　うそ！　東雲まで！」

「ウケる。速攻で弟を聖司に盗られてやんの」

腹を抱えて笑う白沢、インキュバスのくせに一目惚れした東雲も敵。ついでに、エセ京都弁妖狐と魅惑の魔女猫マダムとニンニクも敵。

（なんだこれ！　私の恋敵、多すぎなんじゃやない？）

けれどとりあえず、東雲が撮っている写真を送ってほしいと思った観月であった。

🎀 🎀 🎀

【ガーリックキッチン彩花】でのドタバタ劇を終えた東雲は、ほくほくとした気持ちで自宅を目指していた。羽が生えたかのように足取りが軽やかである。

合コンは悲惨な結果で幕を閉じたが、久しぶりに姉とまともに会話をし、彼女から満面の笑みまで向けてもらえたのだ。東雲にはそれで十分だった——というのに、その上魅力的な男性に出会ってしまった。

（何にでも染まりそうな、綺麗な魂だったな。しかも、かっこいいし、優しそうだし、料理もすごく美味しかったし。どうしよう。姉さんと同じヒト……、しかもニンゲンを好きになっていいのかな）

姉は、ライバルが増えたと思って喜ばないかもしれない。

けれど他のアヤカシに奪われるくらいなら、自分が天使と結ばれた方がいいのではないか。そうすれば、自動的に姉も義姉として天使と家族になれる。

いや。「好き」という気持ちを歪ませるのは如何なものか。

東雲は、そんな嬉しい悩みで頭を悩ませる。

昨日までは、姉と同じでないことがつらかったのだ。姉に追いつきたくて頑張ったのに、気がつけば高校も大学も別。あんなに努力している姉が周囲から評価されず、蔑まれることが許せなかった。しかも、そのせいで姉は自分を「ダメな方」だと思い込み、自己評価が低くなってしまった。

姉は明るくて元気で素直で努力家で、とてもとても可愛いというのに。

だから、東雲は観月の隣にまた並ぶことができると思うと、嬉しくてたまらなかった。

(やっぱり、好きになってもいいよね。天使さんのこと)

東雲がにまにま顔を隠して帰宅すると、玄関で「あら。お帰りなさいですわ」と明るい声に迎えられた。国連アイテム課の美濃部みのりさんが、定期訪問販売に来ていたのだ。

「しのくんも、何か買う？」

すでに商品を大量に買ってしまっている様子の母が、にこやかに尋ねてくる。また物置きがパンパンになるぞと釘《くぎ》を刺したくなるが、今日の東雲には欲しいモノがあったため、その言葉はしまっておいた。

「えっと、〝黄金の髪染め液〟ください」

「そろそろ塗り重ねの年ですものね。どうぞ、こちらですわ」

東雲がみのりさんから染料の小瓶を受け取ると、母は懐かしそうに目を細めて微笑んでいた。

母が思い出しているのは、観月には内緒の東雲の秘密。

「しのくんは、みつきちゃんと一緒の髪色がいいんだものね。本当はお母さん譲りの黒い髪だけど、お姉ちゃんと同じがいいって、泣いて聞かなかったから」

「二歳の時の話だろ」

「今もでしょう？」

母に言い当てられ、東雲はムスッとしながらサラサラの金髪をいじる。

「だって、一緒がいいんだから仕方ないじゃん」

第六章　夏浜の焼きニンニクと人魚姫

日本は真夏。世の中はお盆休み。

青く澄んだ海と白い砂浜を見つめ、観月は飛び上がって叫ぶ。

「う・み・だーーー！」

今日は東京を離れ、神奈川《かながわ》県の符花《ふか》海岸を訪れていた。目的は彩花商店街VSとぎ商店街のビーチバレー対決――、彩花商店街の選手として参加する天使の応援だ。

なんでも、全国商店街連盟主催の四年に一度の大型イベントらしく、全国各地の商店街の精鋭たちがしのぎを削り合い、キングオブ商店街を決定する大会だそうだ。優勝したチームには多額の助成金が贈られるとのことで、我らが彩花商店街も地域活性化のために燃えに燃えていた。ただし、その種目がなぜビーチバレーなのかは誰にも分からない。

「私、応援グッズを用意してきました！　えっと、横断幕と、こっち向いて団扇《うちわ》……、あとは一眼レフです！」

「君にバイト代を支払いたくなくなったよ、僕は」

ビーチバレーの試合開始直前。サングラスとラッシュガードで日焼け対策万全の白沢が、はしゃぐ観月の隣で盛大に舌打ちをした。

「そうだよ、姉さん。学費を貯めるんじゃなかったの？」

水着姿にオペラグラスを片手に持つ東雲が呆れた顔をして言った。

（いや！　なんでいるのっ？）

「シェフから白沢さんが来るとは聞いてましたけど、なんで東雲が？　しかも、同じ家に住んでるのに、なぜ別ルートで来たし」

「だって、偶然を装った方が天使さんだってときめくかもしれないだろ？」

東雲が「『年上鈍感男子を堕とす小悪魔テクニック百選』に書いてあった」とドヤ顔を向けてくるが、それは東雲の本ではない。

「私の聖典《バイブル》なんですけど！」

「ヴァンパイアのくせに聖典だなんて、姉さんのギャグセンスはイマイチだね」

「ギャグじゃない！　部屋に侵入したことを詫びなさい、弟よ！」

「姉なら、弟の初恋を応援してよ」

「しない！　私の初恋だ！」

東雲は天使に一目惚れをして以来、彼に対して驚くほどの熱量を見せていた。

例えば、毎日大学の昼休みに店でランチをし、カウンター席から天使に話しかける。数年ぶりに弟が会心の笑みを浮かべて誰かと会話をしている姿は喜ばしいものの、話題は観月の面白エピソードがほとんどであり、勝手に切り売りされている身としてはたまったものではない。

そして一応、確認の意味で「東雲って、シェフにラブｏｒソウル？」と軽めの口調で尋ねてみたところ、「オールラブだけど？」と、さも当然のように返されてしまい、実の弟が恋のライバルに内定したというわけだ。

おかげで父に密告される心配はなくなったが、インキュバスの恋敵が出現したとあっては、のんびりと構えている場合ではない。

(だから一歩でもリードしようと思って、超気合い入れてきたのに！)

観月は天使を悩殺すべく、新しい水着を買ったのだ。可愛さとセクシーさを兼ね備えた黒のフリルが付いたビキニを。

だが――。

「姉さん。下もラッシュガード穿《は》きなよ。帽子は？　首にタオルも巻いといた方がいいんじゃない？」

東雲に麦わら帽子を被せられ、「ううっ」とむせび泣く観月。自分が日光が苦手なヴァンパイア九〇パーセントであることを、これほどまでに憎んだ日はない。もう露出など顔しかないのではないかというくらい、観月の肌は布に覆われていた。

ついでに、その姿を見て笑っている白沢が憎い。

「ううう……。負けるものか！　私が一番応援して、シェフを喜ばす！」

「はいはい、頑張って。僕は日陰にいるか……、ん？」

やれやれと面倒くさそうに海の家に行こうとした白沢が「なんかやってる」と、さらに面倒くさそうな声をあげた。

目を凝らしている彼の視線の先には我らが彩花商店街チームの控えテントがあるのだが、なぜか商店街のヒトたちが焦った様子で周辺を走り回っているのだ。

「どうしたんでしょう？　何かトラブルですかね」

「どいて。ボクが見るよ」

東雲がオペラグラスを目に当て、遠方を覗く。

(いつの間にそんなもの買ってたんだ。私もシェフ観賞用に欲しい！)

観月がそんなことを思いながら東雲を見守っていると、驚きの事実が判明した。

「天使さんがいない！　みんな、天使さんを捜してるみたいだ！」

「えぇっ！　シェフがいない？」

観月だけでなく、白沢も「馬鹿な」と驚いた。

トイレか迷子か、それとも海で泳いでいるのか？

だが選手に抜擢《ばってき》されたことを喜び、昨日も「今夜は眠れる気がしないぞ！」と、大はしゃぎしていた天使が試合直前にフラフラとどこかに行くなど考えにくい。

「もしかして、誘拐とか？」

一応、言ってみた。

(まさか、大の大人のシェフに限ってあり得ないだろうけど)

観月は「そんなわけないですよね～」と付け加えようとしたが、それを「かも……」と白沢が遮った。その珍しく不穏を隠さない様子に、観月も一気に不安になってしまう。

「ど、どこの誰がシェフをさらうんです？」

「君、自分で言っておいて何なのさ。……聖司のことは、みんなが欲しがってるだろ？」

みんな。……つまり、アヤカシだ。

観月だって天使の血を美味しそうだと感じているし、白沢も伏見もミャーコさんだって、彼の魂に惹かれていると言った。それに、これまで不可視タイプのアヤカシが天使に取り巻いている様子はたびたび目撃してきた。

しかし、このニンゲン社会にひっそりと紛れて暮らすアヤカシが、誘拐などという思い切った行動を取るのだろうか？

「今はアヤカシの力が強まる時期だから、どんな輩が現れてもおかしくないよ」

「あ！　お盆だ……！」

お盆といえば祖先の霊を祀《まつ》る日本の一連の行事のことであり、あの世からたくさんの霊がこの世に一時帰還する。その結果、この世の霊気が高まり、影響を受けた在日アヤカシたちの妖力や魔力まで爆上がりするのだ。

ヴァンパイアの観月に至っては、吸血衝動が重くなるのでサプリを倍増させる時期……くらいの認識をしていたが、他のアヤカシたちはそうではない。強まった力を用いて、他者を害する者だっているだろう。

白沢は「野良アヤカシに聖司を盗られてたまるか」と小さく舌打ちすると、天使を捜しに行くために一歩踏み出そうとした——が、砂塵《さじん》を巻き上げながら彼めがけて爆走してくる人影がそれを阻止してしまった。

「げ……っ！　僕に何か用です？」

「白沢クン、良いところに来たネ！　君、ビーチバレーの試合に出てくれないカ？」

引き気味の白沢の腕をむんずと掴み、暑苦しいテンションで迫る男性は商店街のご近所さん、【イタリアーノカフェテリア】の店長アルトゥーロだった。彫りの深いイタリア人の男前だが、観月のタイプではない上に彼の料理はニンニク臭くていただけない。

「君のとこの天使クンが蒸発しちゃったんだから、責任取ってくれヨ〜」

「今から捜しに行くんで、離してくれます？」

「ノン！　間に合わないヨ。行くヨ、白沢クン！」

体格のいいアルトゥーロは、白沢の手を掴んだまま彼を引きずるように砂浜を歩いていく。一方の白沢は「生贄《いけにえ》なら、そこの金髪姉弟にしろ！」と、ジタバタともがきながら叫んでいたが、観月と東雲は気配をスゥッと消して見送った。

「さようなら、白沢さん」

「骨は拾ってあげます」

あの白沢が嫌々ビーチバレーをするなんて、ちょっと面白い。見てみたい。

だが、残念ながらそんな時間はない。一刻も早く天使を見つけ出さなければならないのだ。

（東雲より先に、ね！）

メラメラと闘志を燃やしながら弟の方を見やると、相手も同じ目でこちらを見つめているではないか。

「天使さんを助けた方が、デートに誘う。どう？」

「やってやろうじゃないの！」

売り言葉に買い言葉とは、このことだ。相手にとって不足なし。観月は愛しの天使のため、そして天使との明るい未来のために、灼熱の砂浜に駆け出した。

(東雲に追いつきたいとは思っていたけど、恋で横並びになりたいとは思ってなかったんですが)

ビーチにいるニンゲンたちの間を縫うようにして走る観月は、天使と話す時に瞳をキラキラと輝かす弟を思い出していた。

今頃、東雲はビーチにいる女性相手に聞き込みをしているだろう。だが、その作った笑顔と天使に向ける笑顔はまったく違う。天使の前では、こんなにも無邪気に笑うのかと感心するほど、東雲は楽しそうなのだ。

東雲いわく、

「フェロモンと筋肉と声と顔がドストライクすぎる。あのヒト、インキュバスのボクを誘惑してくるんだけど」

だそうで、元々好みのタイプが観月と同じだったらしい。そのような双子補正など望んでいないというのに。

しかし、美しく聡明な弟に負けない特技が観月にはある。

「私はシェフの匂いが分かっちゃうんだな、これが！」

いつもならば近くにいて初めて天使の匂いを自覚するのだが、今はお盆。アヤカシである観月の嗅覚もパワーアップしているのだ。

観月はクンクンと鼻を動かし、海水浴場の匂いを嗅いだ。普通のニンゲンの匂いは、香水や悪臭を除いてはスルーできる。なので、匂いはアヤカシと天使に絞られる。

（この墨汁は東雲……、この桃石鹸マルチーズは白沢さん……。うっ、これはイタ飯野郎のアルトゥーロ……！）

一瞬、大嫌いなニンニク臭を感じてむせてしまったが、その直後、観月は目的の匂いを嗅ぎ分けることができた。香ばしくて食欲をそそる天使の匂いだ。

だが、その愛しい香りに余計なモノがまとわり付いている。アヤカシの匂いだ。美味しい握り寿司のような匂いが天使を囲んでいる。そしてどんどん匂いが薄くなっていくため、握り寿司たちは天使を連れて移動していると思われた。

（愛しのシェフは私が守る！　待ってろ、誘拐犯！）

観月は麦わら帽子を深く被り直すと、匂いがする方向へと走った。事は一刻を争う。天使の魂と、デートの権利が賭かっているのだから。

そのため観月は人気のない浜をどんどん進み、立ち入り禁止の看板を無視し、ズカズカと危険区域に入って行った。

そう。符花海岸はファミリー向けの海水浴場だが、実は立ち入り禁止の危険エリアがある。侵入を禁止する理由は、なだらかな浜辺から海水に一歩足を踏み入れただけで、沖合の深さに落っこちてしまうという危険な地形をしているためだ。

そして二十年ほど前、そこで溺れるニンゲンが続出し、行方不明者や死者まで出てしまったため、市が閉鎖したという経緯がある。当時、一部のメディアでは、「海底の化物の祟《たた》り」、「人魚がニンゲンを海に引っ張り込んでいる」などというオカルトじみた報道がされたこともあったが、現在十八歳の観月はもちろんそんなことは知らなかった。だから噂通りとは思わず、ただ新鮮に驚いた。

「人魚《マーメイド》じゃん！」

立ち入り禁止エリアで、観月は波打ち際の海面に浮かんだボートを押して泳いでいるマーメイド三人組を発見し、大声で叫んだ。よく見ると、そのボートの中には水着姿の天使が気を失って横たわっているではないか。

するとマーメイドたちは観月の声に気がつき、親指を下にしてブーイングの構えを取った。

「やべ！　うるさそうなアヤカシが来た！」

「ウチらが見つけた真珠ちゃんを横取りしに来たのかよ？」

「真珠ちゃんと四人でイイコトするのに、邪魔すんじゃやねぇよ！」

（ガングロギャル発見！）

黒く日焼けした肌、脱色した長い髪、白のリップ、瞼《まぶた》に刺さるのではないかというほどわっさわさにカールされたまつ毛——、煌めく鱗《うろこ》で覆われた下半身以外は、人魚というよりヤマンバだ。そんなファッションが一部のニンゲンの間で流行った時代があることは知っていたのだが、これがマーメイド界の最先端スタイルなのだろうか。

そして、どうやら「真珠ちゃん」とは天使のことらしい。やはり、天使にはどのアヤカシにとっても宝石級の価値があるようだ。

「っていうか、イイコトって何だ！　露出狂ども！　シェフを返せぇぇっ！」

観月はマーメイドギャルたちの際どい貝殻ブラジャーを指差しながら、ボートめがけて全速力でダッシュした。もちろん、アヤカシ相手に遠慮はいらないため、〝封印の耳飾り〟を取り去ってのこと。観月は砂煙を上げてビーチを爆走し、波打ち際のボートに飛び移ろうとした。

だが大きく跳んだ先にボートはなく、急激に深く落ちる海面だけがそこに広がっていた。

「ひっ!」

観月の悲鳴と共に麦わら帽子が青空に舞い上がった。


「バカが海に落ちたぜ!」

マーメイドギャルたちは観月を簡単に近寄らせる気などなく、「沖にいくべ!」と三人で力を合わせ、一気にボートを沖合へと滑らせていた。まるでモーターボートのようなスピードに、あっという間に観月の姿は見えなくなり、陸も遠くなった。

「きゃはは! 陸のアヤカシがウチらに追いつけるわけねぇし!」

「マジそれな」

「記念に自撮ろうぜ」

海の中では敵はなしと、マーメイドギャル三人組は腹を抱えて大笑いし、ひとしきり騒ぎ終わるとお互いの顔を見合わせ、いよいよ天使に手を伸ばし――。

「真珠ちゃんの魂、食べちゃおうぜ」

マーメイドの唇が天使に触れる寸前。突然ボートを支える水位が急激に下がったかと思うと、ドガーーンッと海が大きく割れた。


「シェフに触るなぁぁぁぁっ！」

観月は、怒りの形相で海水の壁の真ん中を駆けていた。

「な、なんだあいつ！　海を真っ二つに割りやがった！」

マーメイドギャルたちは慌てふためくが、水を失った魚はロクに動くこともできない。天使だけは渡すまいと海底に落ちたボートにしがみつくが、電光石火の勢いで迫り来る観月を見て、彼女たちは悲鳴をあげた。

マーメイドギャルたちは知らないことだが、ヴァンパイアは流れる水を渡ることができない。その理由で観月は泳ぐことができないし、聖水に似た塩水である海などもってのほか。足先が浸かっただけでも、痺れて動けなくなってしまう。

だから観月は海水に触れる寸前に、魔力を込めた正面突きで海を叩き割った。お盆パワーの成せる業《わざ》であり、海水さえなければこっちのもの。陸上戦ならば、ヴァンパイアがマーメイドに負けるはずがないのだ。

「おりゃぁぁぁぁっ！　その貝殻、剥ぎ取るぞ！」

金の長い髪をなびかせ、観月は跳んだ。

(誰にも渡さない！　シェフは私の大切なヒトなんだ！)

観月は回し蹴りで、一人、二人とマーメイドギャルを海水の壁に叩き込む。そして海底に着地するや否や、息をつく間もなく方向転換し、残る一人に飛びかかった。

「マジで待って！　ほんの出来心だったし！　見逃してよ！」

「待たない！　見逃さない！　寝てるシェフにキスしようとするなんて、絶対に許さない！」

観月のアッパーカットが宙を切り裂き、最後のマーメイドギャルを海の彼方へと吹き飛ばした瞬間だった。

いつぞやの日にぶっ飛ばした妖狐のようにキランと空に星が輝き、観月の胸はスカッとする。

(よっしゃ！　撃退したった！)

観月はガッツポーズを決めると、「さぁ、海が戻っちゃう前にボートに乗らなきゃ」と、くるりと後ろを振り返る。

しかし、次の瞬間。驚きのあまり動けなくなってしまった。

「……観月。今の、何？」

身体を起こし、ボートの中からこちらを見つめていたのは気絶していたはずの天使だった。三白眼をぱちくりとさせ、不思議そうな顔で観月の名前を呼んでいた。

「しぇ、シェフ……！」

（う、うそ！　見られちゃった？　超人的なバトルを？　マーメイドギャルを星にしたとこを？　それとも、海を割ったと——）

その時、頭上に黒い影が覆い被さってきた。それは海そのもの。左右に割れていた海水の壁が、天から落ちるように観月と天使を飲み込んだのだった。

🎀　🎀　🎀

天使聖司は、朦朧とする意識の中で思い出していた。

（なんだっけ。確か、海からガングロギャルに逆ナンされて、断ったんだ。それがよほど不快だったんだろうな。鈍器のような貝殻を投げつけられて、……うーん、そこから記憶が飛んでいるな。いやでも、その後、観月の姿を見たような、見ていないような……)

ううん、と唸りながら腕を組もうとすると、何か柔らかいものが身体と腕の間に挟まっていることに気がついた。

「何だ？　抱き枕か？」

未だに夢と現実が曖昧だった天使は、うっすらと目を開けて驚いた。

天使は、気絶している女の子——観月を正面から抱きしめた状態で、砂浜に倒れていたのだ。

「んんっ！　なぜだ？」

天使は、わけが分からず狼狽えた。

(どうして、こうなった？)

人の気配がまったくないので、ここはビーチバレー大会のビーチではない。辺りを見回すと、すぐ近くにはボートが粉々に散らばっているではないか。おそらく自分と観月がそれに乗っていて、波に巻き込まれ、ここに打ち上げられたのではないか……ということは何となく想像できた。ただし、まったく記憶はない。

「観月が、泳いで助けてくれたのか？」

まるで、童話の人魚姫のようだなと思わなくもない。

観月は姫のように華やかな女の子だし、声も綺麗だ。まぁ、自分は王子という柄ではないのだが。

そして天使はひとまず観月から離れなければと思い、そっと彼女を浜に寝かせようとした。

だが、うまくいかなかった。

「うう、シェフ……、シェフ……」

「俺の夢を見てるのか」と、何だか嬉しくなった天使だったのだが、それは束の間のこと。

意識がないはずの観月が息も絶え絶えにうわ言を述べながら、ものすごい力でしがみついてくるのだ。まるで鍛えぬかれたプロレスラーのようなパワーに、鍛えているはずの天使の身体がミシミシと音を立てて軋《きし》む。普通に考えて、十八歳の少女においてはあり得ない力だ。

「うぐぐ！　痛い！　分かった、分かったから緩めてくれ！」

天使は苦しい悲鳴をあげて、慌てて観月を両手で抱き寄せた。すると、観月は穏やかな寝顔をして両腕の力をフッと抜いたではないか。いったいどんな夢を見ているのだろうか。

ようやく呼吸が楽になった天使は、困ったなぁと途方に暮れつつ観月の顔を見つめた。

ある日突然現れた、不思議な女の子。ニンニクの違いが分かるという理由だけで、興味を持った子だった。

そして彼女が疲れていそうだったから、元気づけてやろうと思った。

話してみると面白い子で、夢を応援してやりたくなった。

次に彼女に会った時には、黒い髪が金色に、黒色の瞳が赤色に、服装も個性的になっていて、ますます面白かった。多分、我が道を行かんとする自分と似ているのではないかと思い、店に来てもらうことにした。

白沢は初めこそ彼女を認めようとしなかったが、すぐに気に入ったようで安心した。店が賑やかになって、自分と白沢の笑顔も増えた。

お客たちも、観月のことが好きそうだ。特別に接客が上手いわけでない。テーブルを回る要領も悪いし、レジの打ち間違いも多い。だがいつも明るく元気に働く彼女を見て、みんなが楽しそうにしている気がする。

「ずっと見ていたくなるんだよな」

（お客さんだけじゃないか。俺もだな）

天使は「ふぅ」と息を吐き、観月の髪の匂いをスンスンと嗅いだ。甘い花のような香りは出会った時から感じていたもので、今もふわりと天使の鼻腔《びくう》をくすぐった。

（いい香りだよな。どんなシャンプー使ってんだろう。……って、俺は何をしてるんだ！　これじゃあ、まるで変態のようじゃないか！）

ハッと我に返った天使は神視点から見た自分を想像し、これはまずいと一人で焦り出した。

なぜなら、観月はビキニ姿をしていたからだ。

黒ビキニの破壊力たるや。観月は防水ジャンパーのようなものを着ていた気がするのだが、どこかに流されてしまったのか、近くには見当たらない。

自分と観月のナマ肌が触れ合い、彼女の肌のすべすべとした感覚に、天使はただただ戸惑ってしまう。

十八歳の女の子を抱きしめる二十八歳の男。相手はビキニ。そして自分は完全に上半身裸の水着。

「んんんんん！」

（まずい。非常に不健全だ。親御さんどころか世間からも叩かれ、凌悟の言うことではないが、社会的に抹殺されてもおかしくない状況だ！）

「いかん。それはいかん。観月に申し訳ない」

（ニンニクのことを考えろ！　邪念を振り払え！）

天使は、大好きなニンニクの白く美しいフォルムを思い浮かべようとした。しかしイメージが観月の白い肌と重なってしまい、あえなく失敗してしまう。ニンニクにはないもちもちとした柔らかさが、天使の頭を沸騰させるのだ。

守りたい、このもち肌。いや、何を言っているんだ、俺。

（やはり、観月をいったん離そう）

天使は意を決し、再び観月を浜に置こうとした。また骨をメキメキいわされるのではないかと、かなり身構えた上で、だ。

だが今度は予想を裏切り、観月はあっさりと浜に横たわってくれた。

「なんだろうな。あっさり離れられてしまうと、少し寂しく感じてしまう」

このモヤモヤは何なんだと、天使は思わず首を傾げてしまう。

だが、そこで観月の異変に気がついた。

観月の顔は青ざめ、全身にたくさんの汗をかきながら「ふぅ……、ふぅ……」と、浅く荒い呼吸を繰り返しているのだ。

（何が「寂しい」だ。馬鹿か、俺は！）

熱中症か、脱水症状か？　それとも、海水に浸かりすぎた低体温症か？　意識がない状態が続いているのも良くないだろう。

「観月、おい、観月！　しっかりしろ！」

「うぅ……。んぅぅ……」

目を閉じたまま、苦しそうにうめく観月。

彼女をこんな熱い砂浜に寝かしておいてはいけないだろうと、天使は観月をおぶって走り出した。

（急いでみんなの所に戻るぞ！）

まったくと言っていいほどに人影も日陰もないビーチを駆ける天使は、帽子か上着があればよかったと悔やんだ。そうしたら、観月の頭に被せてやれたのにと。

しかも、この場所がどこだか分からないのだ。真っ直ぐ海沿いを移動して、元いた海水浴場に戻ることができればいいが、もしかして真反対、最悪別の小島に流されていたらどうなるのだろう。

不安が頭をよぎり、砂浜を駆ける足が重くなる。

このまま徒《いたずら》に時間が経ってしまえば、観月の命が危ない。そんなこと許されない。自分が許さない。

(俺は、観月が夢を叶えるところを見たいのに……!)

「くそ……っ!」

天使は灼熱の日差しにめまいを感じ、その場に膝をついてしまった。正直に言うと、ガングロギャルに投げつけられた貝殻の痛みがまだ残っていて、身体が本調子ではないのだ。

だが、いつまでも休んでいるわけにはいかない。観月のためにできることは、何でも全力でやりたい。自分がへたっている場合ではない。

「シェフ……、んん……」

　ふと、背中から観月の弱々しい声が聞こえ、天使は「起きたのかっ？」と慌てて振り返る。だが、彼女のまぶたはギュッと閉じられたままで、悪夢のうわ言といった様子だった。

「シェフは……、私が、助ける……」

　観月のうわ言に天使はハッと息を呑む。

（やはり、俺を助けてくれたのは観月だったんだ。こんな状態になってまで、俺のために――）

　胸の奥がギュッと締めつけられ、今すぐ彼女を抱きしめたい衝動に駆られてしまう。自分だけに向けられた彼女の優しさと勇気が嬉しくて、その気持ちが暴れ出しそうになる。

「……いるぞ、観月！　俺はここにいるからな！」

　今すべきことをしなければと胸の内の想いを抑え、天使は大きな声で観月に話しかける。

「うぅ……。喉……渇いて、くるし……」

「そうだよな。こんなに暑いんだ。くっ！　水があればすぐに飲ませるんだが……！」

天使は辺りを見回すが、周囲は砂浜と海ばかり。喉の渇きを訴える観月に飲ませてやれる水など、どこにも落ちてはいない。

「すまん、観月！　急いで水のある所に向かうからな！」

こうなったら一刻も早く帰らなければと、天使は観月を背負い直して立ち上がる。

けれど耳元で聞こえた観月の言葉は、天使の「水」という言葉を否定するものだった。

「血が……飲みたい……」

(血だと？)

「シェフの血……、おいしそ……」

(いや、どうやら聞き間違いではなさそうだ。本当にいったいどんな夢を見ているんだ？　蚊になった夢か？)

天使は眉間にシワを寄せ、どうするべきか悩んだ。

けれど、それは一瞬のこと。うなされる観月が少しでも楽になればいいという結論に至り、天使は穏やかな口調で彼女に話しかける。

「いいよ。俺の血、飲んでも」

背中におぶっている観月が口を付けやすいようにと、少しだけ頭を下げて首筋を差し出した。ヴァンパイアが血を吸うイメージに従ってみたのだが、これでいいだろうかとチラリと目線だけを観月に向ける。すると今まさに、観月のぷっくりとした唇が天使のうなじに触れるところだった。

年甲斐もなく緊張してしまい、思わず目を見張った天使だったが——。

「んん……！」

初めは観月の唇が柔らかく、こそばゆい感覚が照れくさいだけだった。だが、その次にカプッと……、いや、割とグサッと観月の八重歯がうなじに突き刺さり、そこに痺れるような痛みが走った。

そして——。

「なんだ、こ……れ」

天使の意識は、ふわふわと宙に浮いたような気持ち良さに包まれた。身体に力が入らず、観月を背負ったまま砂浜に伏せるように倒れ込んでしまう。心地良い痺れが身体中を巡り、出口を求めて暴れているような感覚がもどかしい。観月の甘い花のような香りのせいか、それとも——。

(まずい。今、倒れてる場合じゃない……のに)

天使は快楽を振り払い、必死に意識を保とうと自らを叱咤《しった》した。共倒れなんてしてしまったら、観月の命がいよいよ危ない。そう。あぶな——。

スゥスゥ……。

耳元で聞こえるのは、観月の安らかな寝息だった。背中の上の観月の呼吸が、いつの間にか楽になっている様子だった。

「え？　元気になっている？」

何が起こったのか理解が追いつかない。

だが天使の理解を待つことなく、砂浜の向こうから駆けてくる東雲の姿が目に飛び込んできた。

「東雲！　ここだ！　……あ」

天使はこれで観月が助かるとホッと胸を撫で下ろす一方で、この現状を見られることを焦りに焦った。水着姿で鏡餅のように重なって倒れている姿は、あまりヒトには見られたくない。

🎀 🎀 🎀

観月が目を覚ますと、海水浴場にある救護室だった。真っ白いカーテンで区切られたベッドから天井を見上げ、自分がなぜここで寝ていたのかを数秒かけて思い出す。

（私、シェフを捜して……、マーメイドギャルを追い払って、それから……）

「あっ！　シェフどこ？　シェフ？」

「姉さん、目が覚めた？」

観月がベッドから飛び起きたと同時に、カーテンが勢いよく開かれた。そこには心配そうな顔をした東雲がいて、観月が起き上がっている姿を見てたいそう安堵《あんど》したようだった。

「気分はどう？　姉さん、天使さんと立ち入り禁止のビーチで倒れてたんだよ。天使さんは、ボートが壊れて溺れたって言ってたけど……」

「よかった！　シェフは無事なのね！」

「うん。さっきまでここにいたんだけど、商店街のヒトたちに呼び出されて行っちゃった。多分、行方不明になってたから怒られてる」

「シェフのせいじゃないのに。ガングロマーメイドのせいなのに」

可哀想なシェフ……と、同情してしまう。魂が美味しそうなばっかりに、こんな目に遭ってしまうなんて。

一方東雲は、犯人がマーメイドと聞いて心底怒っている様子だった。

「マーメイドが天使さんをさらってたのか。許せないな……。見つけたら、ボクの虜《とりこ》にして永遠の独身人魚にしてやる！」

「長いスパンの復讐《ふくしゅう》！　いいよ、私がぶっ飛ばしといたから」

「でも、姉さん！　ヴァンパイアにとって海水は命に関わるんだよ？　奴ら、姉さんを殺そうと海に引きずり込んできたんでしょ？」

ちょっと違う。観月は自分で割った海に自分で巻き込まれたわけで、マーメイドが何かしてきたという事実はない。

（まぁ、カッコ悪いから言わないけど！）

そして観月は、海水に巻き込まれる寸前に天使とバッチリ目が合い、救出劇を目撃されていたのではないかということを思い出した。

これは非常にまずい。将来的には自分がヴァンパイアであるとカミングアウトしたいと思っているが、今ではないことは確かだ。こんなタイミングでは、アヤカシ＝怖い奴らと思われてしまいかねない。

「ね、ねぇ。シェフは何か変なもの見たとか言ってなかった？」

「いや。ギャルに逆ナンされてから、記憶が曖昧だって言ってた。白沢さんが、夢遊病説で片付けてくれたよ」

「そ、そう。ならよかった……」

夢遊病で納得できるかは疑問だが、細かいことを気にしない性格の天使ならば、あり得ないことはない。

鈍くてマイペース。だが、そこが可愛い。

「早く、顔が見たいな」

心の声が口に出てしまった。双子の弟の前で乙女度の高い発言をしてしまったことが恥ずかしく、観月は思わず顔を赤らめてしまう。

そして、てっきり東雲には「恥ずかしいことよく言えるよね」などと嫌味を言われるかと思いきや――。

「分かる。ボクも」

と、しみじみと共感されてしまった。姉としては複雑な心境だ。

「東雲は、さっきまで一緒にいたくせに」

「離れ難いんだよ。天然で可愛い」

「分かる。私も」

そこまで言って、観月と東雲は声をあげて笑った。まさか、姉弟でこんなふうに恋バナをする日が来るとは思ってもみなかった。ライバルではあるものの、悪くないなと可笑しくなってしまう。

（ついこないだまでは、すっごくギスギスしてたのに。これもシェフのおかげかな）

観月が機嫌良くニコニコしていると、ふと東雲が「そういえば」と口を開いた。

「天使さんを助けた方が、デートに誘うってやつだけど」

「はい！　私、シェフをマーメイドから助けたよ！　私の勝ちじゃない？」

「でもその後、姉さんごと天使さんを助けたのはボクだ。だから、ボクの勝ちだ」

勝ち誇る東雲。猛抗議する観月。

天使とのデートの行方は、その日中に決まることはなかったのだった。

🎀🎀🎀

その頃、天使と白沢は符花海水浴場付属のバーベキュー会場にいた。

天使は試合直前にいなくなったことに対し、商店街のメンバーからお叱りを受け、特に白沢からはクドクドとしつこい恨み言を言われていた。

「僕はさぁ、汗をかきたくないんだよ。もちろんスポーツは得意だよ？　でも、好きじゃないんだ。君が一人でフラフラしていたせいで――」

「すまん！　凌悟！　本当にすまん！　そして、試合で大活躍してくれてありがとう！」

「当たり前だよ。【ガーリックキッチン彩花】を背負って出たんだから、殺す気でやったよ」

白沢は「おとぎ商店街の高校生が厄介だった。若いってだけで勢いがあるよね」と、苦々しい表情を浮かべて舌打ちをした。彼は以前から年齢を気にする節があるが、どうやら敵チームの若者がなかなかの強敵だったらしい。

「俺も戦いたかったなぁ」

「次の試合で頑張ってよ。ま、僕以上の戦果を上げることはできないだろうけど」

どこまでも上から目線の白沢だが、天使は不快には思わない。

白沢は大学時代からこんなふうだったため、すっかり慣れてしまったのだ。口を開けば皮肉や嫌味が飛び出す彼だが、そのひねくれた性格は、一周回ればただの照れ隠し。本当は面倒見の良い優しい男なのだ。

「……で、聖司はニンニクばかり焼いているけれど、肉は焼いてくれないの？」

白沢は話題をコロリと変え、バーベキューの網の上のニンニクを見守る天使に物申した。

ビーチバレーの試合後、打ち上げと激励会を兼ねて、彩花商店街のメンバーでバーベキューをしているのだ。

しかし天使は美味しそうな肉や魚介にはまったく目もくれず、会場の隅っこで持参していたニンニクをひたすらに焼いて食べていた。

「観月が起きてきたら、肉を焼くぞ。東雲も食べ盛りの男子大学生だ。たくさん食べさせてやる！」

「だからって、何で聖司が焼きニンニクばかり食べるのさ」

「戒めだ。ニンニクは仏教用語の『忍辱』が由来なんだが、『屈辱に耐えて修行をする』という意味があるんだ。まぁ、俺は屈辱的な目に遭ったわけではないが、忍耐力は磨く必要があると思ったまでで――」

つらつらと早口でニンニク知識を述べる天使を見て、白沢は何かピンと来たらしい。彼は「ふぅん」とやる気のない相槌を打つと、

「でもニンニクって、昔のインドや日本では煩悩を増長する食べ物扱いをされていたじゃないか。耐えるどころか、逆に強精作用があるわけだよねぇ？」

と、意地悪く言い放つ。

すると天使は「た、たしかに」と分かりやすく動揺し、ポロリとトングを落としてしまった。

「まぁ、聖司も男だしね。何があっても驚かないけれど」

「な、何が言いたいんだ！　面白がるのはやめろ！」

「別に面白がってはいないさ。むしろ、面白くない」

白沢は必死に冷静を装おうとする天使を澄ました顔で見つめると、爪楊枝《つまようじ》で焼きニンニクをプスリと刺して、口に放り込んだ。

「僕は、忍耐や我慢が大嫌いなんだ。君が我慢している間に、僕がメインを食べちゃうよ？」

天使は白沢が見たことのないような挑戦的な眼をした気がしたが、それは一瞬のことだった。「焼きニンニク、ビールと合うねぇ。僕はワイン派だけど」と笑う彼は、いつも通りの白沢だった。

(気のせい、だよな？)

天使は自分にそう言い聞かせると、再び網の上のニンニクの世話に戻った。

(旨いから、観月にも食べてもらいたいな)

そう思った時、バーベキュー会場の入り口から「鬼月観月、復活です！」とハイテンションで駆けてくる観月の姿が目に飛び込んで来た。後ろから、東雲も彼女を走って追いかけて来ている。

「相変わらず、恥ずかしいテンションだ。倒れていたとは思えないくらい元気じゃないか、彼女」

「あぁ。いいことじゃないか」

天使は白沢にそう答えながら、さりげなく首に巻いたタオルの下——歯形の付いたうなじに触れた。

(アレは、夢ではなかった。この傷だけじゃない。触れなくても、観月のことを想うと疼いてしまう。この毒のように甘く痺れる感覚は、いったい何なんだ……？)

番外編

#ガーリックキッチン彩花の日常

ある昼下がりのこと。

ランチタイムが終わった時間に、観月、天使、白沢の三人による【第二回　ガーリックキッチン彩花ミーティング】が開催されていた。

議題は、天使の持ち込み「店のＩＮスタでバズる写真とは何か？」だ。

「この店のＩＮスタ係は、なぜか俺なわけなんだが、毎回どんな写真を載せればいいのか悩ましくてな。現状、フォロワーもイイねの数もそれなりなんだが、集客には繋がっていない。だから二人の意見が聞きたい」

天使は真剣な面持ちでテーブルの真ん中にタブレットを置くと、さっそくＩＮスタの画面を開いて見せてくれた。その手付きさえぎこちないのだから、彼が毎度ＩＮスタに写真をアップすることに四苦八苦しているであろうことは、なんとなく想像がつく。

観月が、シェフのそんなところも可愛いなぁとニヤつきながらタブレットを覗き込むと、そこに投稿されていた写真の数々はとても笑えるものではなかった。

ほとんどが心霊写真なのである。

（げっ！ なんじゃこりゃ！）

仕入れたばかりのニンニクを包むように添えられた落武者の霊の右手。カツオのタタキ定食には白いモヤがかかり、パスタランチは人面麵。

「こっわ！ なにこの心霊写真率！」

観月は思わず叫んでしまったが、天使はアヤカシから好かれる魂の持ち主なのだ。放っておいたらたくさんの霊や妖怪といったアヤカシたちに集《たか》られている彼が撮る写真に、悪霊の一つや二つや三つや四つが映り込んでいたとしても、何ら不思議はない。

そのことを観月や白沢は熟知しているが、ＩＮスタを見ているニンゲンたちはそうではない。不気味な心霊写真をアップする店だと思われてしまっては、集客に繫がらない。反応してくれるのは、一部のオカルト好きだけだ。

（コメント欄で、この写真が合成なのかどうかの論争が起きてるし……！）

「聖司。写真を撮る時は、僕の留守中はやめてって言ったよね？」

タブレットにかじりつく観月の隣から、白沢のキツめの声が飛ぶ。言葉は父親、態度は社長。ムッとした表情で天使を睨み、長い脚を組み替えるその様は、なかなかに威圧的だ。

そして彼がそのように言う理由としては、白沢がそばにいるだけで悪意のあるアヤカシが天使に近寄って来なくなるからである。

観月は彼が何のアヤカシなのか未だに教えてもらえていないのだが、その溢れる妖力で下級のアヤカシを威嚇《いかく》、及び排除しているということは分かっていた。

だが、そんな裏事情などまったく知らない天使といえば「俺が写真を撮るのが下手とはいえ、いくらなんでも過保護すぎるぞ」と眉根を寄せて抗議している。どうやら、写真に写り込んだ霊たちを光の屈折か何かと思っているらしい。

こんなにアヤカシを惹きつける体質だというのに、霊感もなければアヤカシの存在すら疑わない天使にはつくづく感心せざるを得ない。

(その鈍さが可愛いんだけどね～！　この魅力、布教したい！　宣教師になりたい！)

天使の全てを許容する観月は、彼を横目で見つめながらニマニマと頬を緩ませる。

十字架を首から下げた宣教師など、ヴァンパイアの観月とは縁なき存在なのだが、それでも誰かに言いふらしたくなる。「うちのシェフはにぶ可愛いです」と。

そこでハッとひらめいた。

「ＩＮスタで店員紹介しましょうよ！　見た人は、絶対来店したくなりますよ！」

観月はキッチンで料理をしている天使を撮影するイメージを浮かべながら、うんうんと大きく頷く。

「ハッシュタグは、＃イケメン、＃筋肉、＃高身長……」

「＃イケボと＃敏腕オーナーも入れておいて」

「イケボ、敏腕オーナー……、て、はっ？　オーナー？」

観月の妄想タグに割り込んできたのは、オーナー白沢。さぁ、撮りなよと言わんばかりの角度を付けたキメ顔で、こちらを見つめているではないか。

「背景にランプと窓が写るようにして。大正レトロな内装をアピールしたいから。あ、アンティーク家具は僕の私物ってタグ付け追加ね。まあ、本当は女性客狙いで買い集めただけだけれど」

「もうっ！　嘘つきの白沢さんなんて、＃長老、＃桃石鹸のマルチーズですよ！

#イケメンと#筋肉はあげませんから！」
「ん？　誰が何だって？　君になんて見せないけれど、僕、脱いだらけっこうな筋肉があるんだよ？　あぁ、この高級スーツの上からじゃあ、#脳筋、#お花畑さん、には分からないか」

「聞き捨てならないんですが〜？」

観月の赤い瞳と白沢の金色の瞳から出る視線がテーブルの中央でかち合い、バチバチと火花を散らす。

【ガーリックキッチン彩花】のイケメンは誰なのか、譲れない戦いが天使そっちのけで繰り広げられ、徐々に子どもの口喧嘩のようになっていく。

「じゃあ、勝負しよう。君と僕の写真をアップして、イイねがたくさん付いた方が正義だ」

「えぇっ？　そんな勝負、私じゃ勝てない……！」

「ホラ。僕がイケメンだから勝てないって思ったんだろう？　認めなよ。君の上司はかっこいいって」

「自分で言いますぅ？」

どんどんヒートアップしていく観月と白沢をやれやれと困った顔で眺めていたのは、すっかり蚊帳の外状態になっていた天使だ。早口でまくし立て合う二人の会話に途中から付いていけなくなってしまったために、まったくもって何を揉めているのか理解ができていない様子である。

しかし、兎にも角にも争い事は止めるべきだと思ったらしい。

天使は「まぁ、待て！」と二人のバッチバチの火花をかき消すように、テーブルの中央にたくさんのニンニクが長く連なった塊をトンッと置いてみせた。

それは、多数のニンニクの茎が編み込まれた長い棒のような代物だった。

「なんです？　これ？」

ニンニクの不快な臭いがしないのは、天使が厳選しているものであるために違いないが、それにしても実がごろごろとしていてなんだか可愛らしい物体だ。

観月が瞳を大きく見開いてきょとんとしていると、今度は天使が早口で説明を始めた。

「これは、ガーリックブレイドだ。ニンニクをまとめて編み込んだもので、吊るして保存ができる。魔除けの剣と呼ばれたりもするぞ。つまり、お前たちの魔なる喧嘩はこの剣で断ち切った！」

天使がドヤ顔でガーリックブレイドを振り下ろす。

ニンニクが絡んだ時の天使のその顔は、観月の大好物だ。

（やば〜！　なりきり勇者みたいで可愛いんですけど！　めっちゃアヤカシに集られているヒトが言う台詞じゃないけど）

観月は思わずへにゃりとした笑みを、そして白沢は「はいはい」といった呆れ顔を浮かべて、これにてイケメン論争は終結となった。

天然な天使のキャラクターに圧倒されたわけだが、本当に魔なる感情を断ち切られたかのように自然と笑えてきてしまう。

（#可愛い、#優しい、#天然、#天使《てんし》……！）

観月は心の中でこっそりと天使のことをタグ付けすると、やっぱりシェフの魅力は私の中にとどめておきたい……という気持ちが膨れ上がってきた。

もちろん天使の良いところは、たくさんのヒトに知ってもらいたい。だが、彼の可愛くて優しい姿を見ていると、思わず独り占めしていたい欲に駆られてしまったのだ。

「……このガーリックブレイド、デコってもいいですか？　編み込みの間にお花とか葉っぱとかを入れたら、すっごく可愛いと思うんです！　その写真を撮ってＩＮスタにアップしましょう！」

「あぁ！　いいんじゃないか？　映《ば》える、というヤツだろう？　興味を持ったヒトが店に来てくれるかもしれない」

「チッ。なんだよ。自分が店員紹介を提案したくせに」

争いを生む店員紹介から平和なガーリックブレイドの紹介にシフトチェンジした観月は、三白眼を細めて笑う天使を見て胸をキュンキュンとさせる。白沢の舌打ちは華麗にスルーだ。

まぁ、白沢が女性を虜にする優男的外見をしていることは間違いないので、折をみて「我らがオーナー様」としてＩＮスタで紹介してもいいかもしれないが――。

観月が白沢の写真の構図を思い描いていると、ぼそっとした低い声が耳に飛び込んできた。

「看板娘の可愛さは、タグ付けしきれないか」

予想外の言葉に、ぴょこんと胸が跳ねる。

今なんてっ？　と、大声で聞き返したかった観月の腕の中にどんどんどーんっと続けざまに数本のガーリックブレイドが降って来たため、大慌てで抱きとめたが、そのおかげで口を開いたのが天使なのか白沢なのかを見逃してしまった。いつもならば、二人の声を聞き間違えることなどあり得ないのだが、先ほどの一声はとびきり小さな声だったため、どちらのものか聞き分けることができなかった。

（むむっ？　どっちが言った？）

天使は何事もなかったかのように「飾り付けよろしく頼む」と頷いているし、白沢は澄ました顔でタブレットをいじっている。確認したいのは山々だが、万が一聞き間違いだった場合を考えると、「可愛いと褒めてくれたのはどちらですか」なんて恥ずかしくて尋ねようがない。

（白沢さんが私を褒めるわけないんだけど、シェフもそういうの言うキャラじゃない気がするし……。幻聴？　私の幻聴説濃厚？）

拡散希望。誰か、証拠動画を撮っているヒトいませんかっ？

🎀🎀🎀

数日後の【ガーリックキッチン彩花】のＩＮスタに、一枚の写真が投稿された。

ハッシュタグは、＃若きオーナー、＃ニンニクを愛するシェフ、＃服作り大好きアルバイト、＃ガーリックブレイド、＃【ガーリックキッチン彩花】。壁に吊るされたカラフルな花や緑が鮮やかな葉があしらわれたガーリックブレイドをバックに立つ、白沢、天使、観月のグループショットだ。

第三回のミーティングをした際に、個別の店員紹介ではなく三人揃った写真をアップしようという話になったのだ。

白沢いわく、「嘘でも、和気あいあいとした雰囲気を見せつけてやるんだよ」である。

(そこは嘘じゃないと思うけどな)

観月は、カメラに向かって笑顔を浮かべる自分たちの写真をこっそりとスマートフォンに保存した。

未だ天使には秘密だが、ここはアヤカシとニンゲンが共に働く店なのだ。長い歴史の中で確執のある両者を結ぶことができる、そんな優しく楽しい場所だと思いたかった。

(アヤカシのお客さんもニンゲンのお客さんも、たくさん来てください)

観月の想いが伝わったのか、三人の写真にはたくさんのイイねが付いたのだが——。

その後投稿された一枚の写真——#医大生の常連さん、#新メニュー実食というタグの付いた観月の弟東雲の写真には、店のＩＮスタ史上最高数のイイねとコメントが寄せられたという。

どうやらイケメンの座はインキュバスの東雲にかっさらわれてしまったらしく、しばらくの間、白沢が和気あいあいとは程遠い機嫌だったことはまた別の話。

白沢凌悟はもふもふされたい

「うわぁ～！　かっわいい～！」

ある日、観月は彩花商店街に新しくできたペットショップを覗いていた。いや、ショーケースのガラスに張り付く勢いで、中にいる犬や猫を眺め回していた。

観月は、もふもふが好きなのだ。

動物の柔らかい毛並みや、温かい体をなでなですりすりしているところを想像すると、思わず「でへへ」と笑ってしまうし、癒しの成分が脳から溢れ出る。

実は妖狐の伏見や魔女猫のミャーコさんの耳や尻尾にも触れてみたいのだが、さすがに相手が相手なので、その願望は秘密である。

(だから、せめてペットショップで……！)

ところがだ。

観月がショーケースのガラスに近づくと、ミニチュアダックスフントがすごい勢いで奥へと逃げる。一歩隣に移動すると、今度はパグと柴犬が一目散にケースの隅に押し合いへし合いしながら走り去っていく。隣のキャットタワーでくつろいでいたアメリカンショートヘアも同様だ。

(ぬおぉおっ！　絶望案件！)

「うわ。動物に避けられてるねぇ、君」

その場に立ち尽くす観月の背中をえぐるように辛辣な言葉を投げてきたのは、毒舌オーナー白沢だった。

いつも高級外車を乗り回している彼が徒歩で商店街を歩いていることは珍しく、こんな所でこんな場面を見られてしまうなんて……と、観月は自分の運の悪さを嘆かずにはいられない。

「どこの毒舌野郎かと思ったら、やっぱり白沢さんじゃないですか」

「チッ。……怪しいゴシックワンピの子がいると思えば、やっぱり鬼月さんだった」

「レースアップが最高に可愛いジャンパースカートですよ！　どこが怪しいんですか！」

「ペットショップのガラスに張り付いているだけで、十分怪しい」

「勉強の息抜きに、ちょーっとショップを覗いてたんですぅ！」

「動物に嫌われてるのに？」

余裕綽々《よゆうしゃくしゃく》の態度で言い放つ白沢に、観月は「むぐぐ」と唸るしかない。

そう。悲しきかな。観月は、大半の動物から避けられてしまう。幼い頃から、動物園や小学校のウサギ小屋、遠足で行った牧場など、動物からの度重なる拒絶反応に寂しい思いをしてきたのだ。これは父親も同様なので、動物たちは本能的にヴァンパイアという存在に怯えていると思われる。

ちなみに、カラスとコウモリだけは寄って来る。夜の眷属《けんぞく》とでも言おうか。しかし、道端で囲まれても嬉しくはない。むしろ、怖い。

「私、動物の血を飲みたいなんて思ったことないのに」

「大昔のヴァンパイアは節操がなかったからね。動物たちは遺伝子レベルで覚えているのさ」

白沢は、周りにニンゲンがいないことを確認してからそう言った。そして、「ふぅん」と興味なさげに自分もショーケースの犬猫たちを覗き込む。

すると驚くべきことに、正面、右、左、上のショーケース内の犬猫たちが我も我もと白沢に向かって殺到してくるではないか。もちろんガラスを隔てているため、こちらにやって来ることはない。しかし、無我夢中でガラスに身体を押し付けているのだ。

「えっ、ずるい！」

「ははは っ。僕は動物にもモテるわけだ」

勝ち誇る白沢が羨ましくてたまらない。ハンカチがあれば、「きぃぃっ！」と噛みながら叫ぶだろう。

「し、白沢さんはマルチーズのアヤカシですもんね！　だから、同類だと思って懐かれるんでしょう！」

「は？　酷い負け惜しみだね。っていうか、なんでこの僕がマルチーズなのさ」

「だって、桃石鹸で洗われたマルチーズの匂いがするから」

「鼻、おかしいんじゃない？」

マルチーズじゃなかったのか……と、観月は真面目にがっかりしてしまう。

白沢は髪も白くふわっとしているので、遠からずの答えかと思っていたのだが、どうやらその線はハズレらしい。

観月が「じゃあ、結局なんのアヤカシなんです？」と問おうとした時――。

「わん！」

目の前にもふもふと白く長い毛をした小型犬が現れた。

「マルチーズ！」

「はい。マルチーズです」

観月の歓声を受けて説明をしてくれたのは、ショップの女性店員さんだった。店員さんは「熱心に覗いてくださっていたので」と、ニコニコしながらマルチーズを抱いている。つまり、触れ合いサービスをさせてくれようというわけだ。

けれど観月が「わぁ！」と撫でようと手を伸ばすと、案の定マルチーズは逃げ出そうと大暴れした。店員さんも驚きの状況だ。

「あれ？　す、すみません。人馴れしてる子なのになぁ」

「お気遣い、ありがとうございました。私、動物に嫌われやすいみたいで……。マルチーズちゃん、ごめんね」

(ヴァンパイア馴れはしてませんよね、そりゃ……)

あのとびきり柔らかそうな毛をもふもふしたいのは山々だが、怖がるマルチーズを無理やり触るのは可哀想だ。

観月は、しょんぼりと肩を落として手を引っ込めざるを得ない。

(さよなら、マルチーズ。さよなら、もふもふ)

久々にヴァンパイアの血を呪いかけた観月だったが、不意に白沢の「撫でたいんでしょ？　撫でれば？」という呆れた声が刺さってきた。

観月は「動物にモテるからって、簡単に言いますけどね！」と、文句を言いそうになるが、そう口を開く前に何かがもふんっと両腕の間に飛び込んできた。もっふもふのマルチーズだ。

「ひゃぁぁぁ〜！　マルチーズちゃん！」

「僕が一緒に抱いていたら大丈夫だから。触らせてもらいなよ」

白沢は「仕方ないな」という感情を前面に押し出しながら、マルチーズのお尻の部分を抱いていた。前半分を観月が抱いているので、小型犬を大人二人で抱くという窮屈な状態である。

しかし、白沢がいるおかげだろう。マルチーズは機嫌よく観月の腕に身をゆだねてくれていた。

「かわいい！　かわいすぎ！　これがもふもふか～！」

観月は人生初もふもふに大興奮だ。

マルチーズの首回りを撫で、身体に頬ずりし、ついでに匂いを嗅いだ。ふわっと桃のようなシャンプーの香りがする。控えめに言って最高だ。

「あ～、良い～！　白沢さんと同じ香りがしますよ～」

「な、何言ってるのさ。一緒にしないでくれる？」

一瞬、マルチーズのお尻が不安定に揺れた。

なぜだか白沢の顔が赤くなっている気がしたが、とりあえずマルチーズのお尻はしっかりと支えてもらわないと困る。

「白沢さん、疲れちゃいました？　お願いなのでもう少し頑張ってください！　もっともふもふふしたいんです！」

「もふもふって、君……。そんなに好きなわけ？」

「憧れてたんです。初めてもふれたので、すごく嬉しくって」

「へぇ」

満面の笑みで語る観月を見て、白沢は何か思うところがあったらしい。

彼はマルチーズを抱え直すタイミングで観月の耳元に口を寄せ、甘い声音でそっと囁いた。

「……迂闊《うかつ》だったなぁ。ハジメテは僕がもらってあげればよかった」

熱い吐息が耳にかかり、観月は思わずびくんと身体を震わせた。

色気のある表情でそう言われ、ついあらぬ妄想にダイブしかけてしまうが相手は白沢だ。絶対にからかっている。

「セクハラで訴えますよ？」

「なんで？　僕は、僕をもふもふさせてあげればよかったって、言っただけだけど？」

「白沢さんを、もふもふ？」

観月が大きく目を見開くと、視線の先の白沢はクククと喉を鳴らして笑った。そして、愉快そうにマルチーズを撫でている。

「やっぱり、白沢さんはマルチーズのアヤカ――」

「違うから。僕はもっと強くて神々しい」

白沢に一刀両断され、観月はうぅんと首を捻る。

「シーズーですか？」

「君は、耳と頭も悪いのかな？」

白沢の嫌味にも慣れたものだが、観月が彼の正体に辿り着くのはいつになることか――。

ソレはさて置いて、全力でマルチーズをもふもふする観月だった。

ガーリックキッチンの七夕祭り

今日は七月七日。七夕だ。

観月の発案により、今宵の【ガーリックキッチン彩花】は七夕祭りを開催中だ。限定メニューは、パンチの効いたニンニクだれ素麵《そうめん》。そして店員は観月の手作り浴衣を着用し、浴衣で来てくれたお客には割引サービスをするというお楽しみ企画が行われていた。

「可愛い浴衣ね～！　手作りだなんて信じられないわぁ」

「個性が出ていて素敵だわ、観月さん」

褒めてくれたのは、浴衣で来店してくれた雪女の深雪と魔女猫のミャーコさん。美とファッションの専門家からそんなことを言ってもらえて光栄すぎると、観月は「でへへ」と満面の笑みだ。

キッチンにいる天使は、黒に綿地で作った甚平姿。赤い色のたすきで袖をたくし上げており、そこから見える筋肉美が最高だ。甚平なので、膝から下が露出しているという点もポイントが高い。

レジとテイクアウトの対応をしている白沢は、黒の亀甲十字柄の浴衣に赤色の帯。ゆるりと色気が漂う着こなしは、観月の目論見《もくろみ》通りだ。

そして観月はというと、黒と赤をベースにした和風ゴスロリワンピース。襟や袖は浴衣のそれを活かし、大好きなゴシック調のレースやリボンをあしらっている。髪は三つ編みを両サイドで輪っかにしているので、首元が涼やかな印象だ。

お気づきだろうか。三人とも、黒と赤を基調とした浴衣を着ていることに。

白沢からは「君の趣味が過ぎるんじゃないの」と嫌味ったらしく言われたものの、三人でゴシックファッションを着ているような気がして嬉しい観月なのである。実際、白沢は観月が「すごくお似合いですよ」と伝えると、まんざらでもない様子だったわけで。

「男のヒトの浴衣って、グッときません？」

観月は、意気投合して飲み交わしている深雪とミャーコさんの席にちょっとだけお邪魔して、はしゃいだ口調で言った。視線の先には愛しの天使。甚平が似合って仕方がない。

「あら。なら、伏見さんにはグッときまくりね」

「狐のおじさまは別で」

ミャーコさんの言葉に観月が苦笑いを浮かべていると、ふと深雪が店内の隅に設置された笹を見つめていることに気がついた。それは白沢がどこからともなく持ち帰って来た笹で、心ばかりの折り紙の七夕飾りがぶら下がっている。

「深雪さん、どうかされました？」

「アタシの地元の七夕は八月だったんだけど……。子どもの頃、七夕の短冊にどんな願い事を書いてたかしら……って、思い出していたの」

「わぁ！　気になります！」

深雪の子どもの頃というと、北風寒太郎時代だろうか。というか、どれほど昔のことを言っているか分からないが、とにかく興味がある。

「イケメン雪男と結婚したいって、書いてたわ♡」

お茶目に言う深雪に対し、ミャーコさんがぷっと吹き出す。けれど観月は笑うポイントが分からず、きょとんと首を傾げてしまう。

「イケメンな雪男って、どんな感じです？」

「ヤダ、ジェネレーションギャップ？　アタシも昔は知らなかったんだけど、雪男って毛むくじゃらの巨人でね。雪女とはだいぶ見た目が違うのよ〜」

「ヒマラヤ辺りにいるイエティを想像したらいいわ」

深雪とミャーコさんの説明を聞き、観月は「それはそれは……」と釣られて笑ってしまった。雪男界レベルでのイケメンはいるのかもしれないが、彼らが深雪のお眼鏡にかなうとは考えにくい。深雪は、アイドルみたいにかっこ可愛い男の子が好きなのだ。

「私は長くフランスにいたから、七夕とは縁がなかったわ。観月さんは？」

ミャーコさんに促され、観月は子どもの頃の記憶を引っ張り出す。たしか小学校で七夕集会なるイベントがあり、毎年願い事を書いていたはずだ。

「えぇと、いろいろですよ。太陽がなくなりますようにとか、ニンニクがなくなりますようにとか。ヴァンパイアってバレたらどうするんだって、父親から怒られてましたけど」

そういえば、東雲は「お姉ちゃんとずっといっしょにいられますように」と毎年書いていた気がする。可愛すぎか、おい。

ミャーコさんはそんな観月に「貴女は昔から素直だったのね」と微笑む。「馬鹿なだけですよ」と観月は笑って返したが、ミャーコさんの孫を見るような温かい視線がむず痒い。

「そうだ！　願い事の短冊を書きません？　せっかく笹があるんですし」

話題を変えるように観月が提案すると、ミャーコさんも深雪も「いいじゃない」、「ロマンティックね」とのってきてくれた。話が早くて有難い。

（わぁ。何書こうかな。シェフと両想い？　きゃ〜！　そんな恥ずかしいこと書けない……！）

観月はペンを持ったまま、「うふうふ」と妄想が止まらない。

（私が織姫で、シェフが彦星的な？　いや、ちょっと待て。年に一度しか会えないなんて、まるで拷問じゃない？　私なら、天の川を飛び越えて会いに行くわ）

泳げないから溺れたら終わりだけど、とミルキーウェイでごぼごぼしている自分まで想像してしまった。

そうこうしている間に、ミャーコさんと深雪が短冊を書き終えた。

「天使君の魂がいただけますように」

「シェフさんの魂がゲットできますように」

（ちょっと！）

とんでもない願い事を披露され、観月は髪を振り乱して「ダメですってば！」と猛抗議した。だが二人は冗談で言ってみただけらしく、笑いながら「嘘よ」と短冊をひらひらさせている。

「大事な願い事は、他人に教えない方がいいのよ」

唇に人差し指を押し当て、悪戯っぽくウインクする深雪。例に漏れず、冷気の塊が観月を襲ったのだがいいとしよう。

（私の大事な願い事か……）

学費が貯まること。彩都ファッション専門学校に合格すること。好きな服を作ること。ゴシックファッションをすること。シェフとラブラブになること。ヴァンパイアだという秘密を打ち明けること――。

たくさんありすぎて選ぶことができない。

ならばと、観月は大切なヒトのことを想ってペンを走らせた。

🎀 🎀 🎀

「短冊を書いているのかい？」

閉店後、店に残ってレジのお金を数えていた白沢は、カウンター席でペンを握っている天使に気がついた。大きな体を丸めて小さな短冊に願い事を書き込む姿は、なんだか面白い。

「観月がお客さんと書いているところを見てな。せっかくだ。凌悟も書いたらどうだ？」

「僕のを笹の一番上に吊るすからね。高い方が、願いが星に届きやすいから」

「ロマンティックだな！」

別に浮かれたことを言っているつもりはない。ニンゲン界に残る伝承や神話の真実を白沢が知っているだけの話だ。

「聖司、君のも貸して。吊るしてあげるから」

僕の下に。

わざわざ言わなくてもいいかと言葉を省略し、白沢は天使の短冊を裏向きに受け取り、笹の葉のてっぺんに手を伸ばす。すると、そこには先客がいた。

『シェフがニンニク料理を極められますように』

少し癖のある柔らかい女の子の字。誰がそれを書いたのか、考えるまでもない。

白沢は「他人のことって……。馬鹿じゃないの」と怪訝な顔をして、まさかと思い、念のために天使の短冊に書かれた願い事を覗き見た。

『観月が専門学校に合格できますように』

(図星。七夕だけに……って、何言ってるんだ。僕は)

白沢はチッと舌打ちをすると、テーブルを片付けている天使を振り返る。

「やぁやぁ、聖司。鬼月さんの合格を祈願するなんて、随分と優しいじゃないか。僕としては、商売繁盛を願ってほしかったんだけれど？」

「なっ！　勝手にヒトの短冊を見るなよ！」

「不可抗力さ」

恥ずかしそうに慌てる天使が面白いような面白くないような、そんな思いに駆られる白沢。けれどその感情を深追いすることはせず、ひとまず観月の短冊の隣に自分と天使のものも吊るすことにした。

（似た者どうしのお人好しかよ）

笹のてっぺんに並ぶ三枚の短冊。それを見つめる白沢に天使が少し拗ねた表情で尋ねる。

「そういう凌悟の願い事は何なんだ？」

「……世界平和だけれど？」

澄ました顔で答える白沢。「スケールがでかいな！」と笑みをこぼす天使。

店の外の夜空には、夏の大三角形が淡く輝いているのだった。

あとがき

こんにちは。ゆちばと申します。

このたびは、『ヴァンパイア娘、ガーリックシェフに恋をする！　1』をお手に取っていただき、まことにありがとうございます。

本作は、「秘密」をテーマにした「プティルコミックス・プティルノベルス×魔法のiらんど小説コンテスト」の受賞作を加筆し、書籍化していただいた小説です。

まさか賞がいただけるとは思っておらず、仕事の帰り道で受賞のメールを拝見した時に、大興奮しながら家族に電話をかけまくったことは良い思い出です。

コンテストのテーマ通り、本作のヒロイン観月はヴァンパイアであるという秘密を抱えております。観月だけでなく、天使や白沢、鬼月家や常連のお客たちにも秘密がありますので、彼らが秘密とどう向き合い、どう乗り越えていくのかを見守っていただけましたら幸いです。

そして、本作には「秘密」と並ぶテーマが他にもあります。それは、「自己実現のための自己表現」です。

書き出す前は、観月は高校生だったり大学生、あるいは服飾専門学生だったりと、キャラがなかなか定まりませんでした。ですが、大人でも子どもでもない、学生でも社会人でもない、何にもなりきれていない女の子が夢を目指す物語が書きたいなと思った時、観月の職業は浪人生のアルバイターに内定しました。そこに「ヴァンパイア」、「ファッション」、「恋」、「猪突猛進」辺りを足してやると、観月の出来上がりです。元はギャルという設定だったということは、秘密の話です。

ついでに暴露すると、元々天使はイタリアンのシェフでした。初期題『ヴァンパイアガール　イタ飯シェフに恋をする』。……しっくりきません。ガーリックシェフに変えて、本当に良かったと思っています。

本作は、そんな観月と天使のコメディ強めのラブコメディです。お楽しみいただけると嬉しいです。

ここからは謝辞を。

書籍化まで導いてくださった東雲推しの担当編集佐藤様。私のわがままな要望に応えて、超絶素敵な表紙絵を描いてくださった天領寺セナ先生。作品のイメージが凝縮されたデザインにしてくださったカバーデザイナー様。キャラクターに息を吹き込んでくれたキャラクター原案の義姉今市阿寒さん。衣装表現のアドバイスをしてくれた服飾専門学校卒の友人。東雲のモデルの双子の妹。執筆を支えてくれた家族。

そして本著『ヴァンガリ』の出版・販売に携わってくださったすべての皆様と、お手に取ってくださった読者の皆様に、心から感謝いたします。

私が「やりたいこと」＝「執筆」を続けることができるのは、たくさんの方々のおかげです。

本当にありがとうございます！

ゆちば

Petir
NOVELS

ヴァンパイア娘、ガーリックシェフに恋をする！ 1

2022年6月22日 第1刷発行

著者 ゆちば ©YUCHIBA 2022
発行人 鈴木幸辰
発行所 株式会社ハーパーコリンズ・ジャパン
東京都千代田区大手町1-5-1
電話 03-6269-2883（営業）
0570-008091（読者サービス係）
印刷・製本 中央精版印刷株式会社

Printed in Japan K.K. HarperCollins Japan 2022
ISBN978-4-596-01293-7

※本作品はWeb上で発表された小説「ヴァンパイア娘　ガーリックシェフに恋をする！」に、大幅に加筆・修正を加え、改題したものです。